KB013130

사랑할 수밖에
없는 사람

사랑할 수밖에 없는 사람

강진석 에세이

너라는 사람

계속 너를 사랑하면서 느낀 거지만, 너는 정말 사랑할 수밖에 없는 사람이다. 너를 만나러 가는 길에는 모든 게 예뻐 보이고, 그 길을 너와 함께 걸을 때는 말로 표현할 수 없을 만큼 행복했다. 너와 함께하는 순간은 봄이라도 찾아온 듯 온기를 가득 품고 있었고, 매일 오는 너의 안부 연락 역시 세상의 온기를 다 가진 듯 따뜻했다. 전화기로부터 들려오는 너의 목소리에선 다정함이 느껴졌고 너와 함께라면 요동치던 내 마음도 언제 그랬냐는 듯 불안한 것도 두려울 것도 없이 잔잔해졌다. 불안정한 삶을 살던 내가 너를 만나 안정적인 삶을 살게 됐고 무엇도 하지 못할 것 같던 내가 너라는 사람을 만나 네가 바라는 일이라면 무엇이든 이뤄주고 싶은 사람으로 변했다. 무기력했던 삶에 찾아온 활력소 같은 사람. 한여름 뜨거운 햇빛을 가려주는 그늘 같은 사람. 그런 사람이 내겐 너였다.

목차

01

괜찮아

02

잘했어

03

사랑해

01 괜찮아

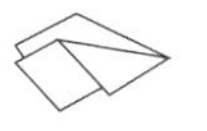

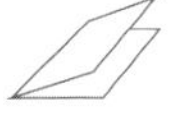

함께한다는 것

우리도 어쩌면 세상의 수많은 사람 속에서 서로를 모르고 살아가던 아주 희미한 존재가 아니었을까. 하지만 희미했던 우리가 결국엔 서로를 만났고 이제는 선명해지는 과정을 겪고 있는 거라고도. 우리가 만나지 못했더라면 지금처럼 좋은 순간들도 아름다운 기억들도 전부 없었을 테니까. 우리가 함께한 시간 속에 좋은 순간은 추억으로 남고 나빴던 순간은 경험으로 남겠지. 그리고 시간이 지나면 우리는 이런 과거를 얘기하며 우리가 얼마나 오래도록 함께했는지에 대해 떠올리고 이런 모습도 우리에게 있었다며 미소 지을 것 같다.

우리는 우리가 상상했던 미래보다 훨씬 더 먼 미래까지 함께할 거라고 말해주고 싶다. 매일 아침 눈을 뜨면 옆에서 눈을 감고 곤히 잠들어 있을 거고, 아무렇지 않은 듯 화장실로 가서 서로를 바라보며 웃고, 거울을 보며 함께 양치를 할 거다. 그리고 함께 밥을 먹고, 영화를 보고, 산책을 하고, 잠을 자고. 이런 사소하지만 특별한 것들을 매일 함께할 거다.

함께하다 보면 오늘은 웃었지만 내일은 눈물을 흘릴 수도 있고, 의견이 서로 맞지 않아 각진 말들을 내뱉고 상처투성이가 되는 날도 있겠지. 하지만 시간이 지나면 서로의 소중함을 다시 떠올리고 밤새도록 서로를 끌어안으며 화해를 하는 날도 있을 거다.

너와 내가 서툴지 않고 모든 것들을 아무렇지 않게 잘 해내는 사람이었다면, 우리가 사랑이라는 감정이 익숙한 사람이었다면, 서로를 알아가는 과정에서 우리가 지금보다 행복할 수 있었을까. 오히려 우리가 서투르기 때문에 부족한 것들을 노력하고 배려하며 더 채워나갈 수 있었던 거겠지.

그러니 우리는 서로에게 완벽한 사람이 되어주진 못하더라도 언제나 사랑해 주는 사이였으면 좋겠다. 우린 여전히 빛나고 있으니까. 함께 하는 시간이 많아질수록 우리 사랑은 깊어질 테니까. 네가 어떤 모습이라도 나는 그런 너를 사랑하니까. 나는 너라서 네가 좋은 거니까. 그래서 무엇이든 함께하고 싶다. 네가 어떤 사람이든 어떤 곳에 있든 그러고 싶다.

아프지 않고 행복하게

삶을 살수록 문제들이 더 많아지는 것 같아.
조금이나마 삶에 적응이 돼서 잘 살아낼 수
있을 것 같다가도
남들이 하는 얘기가 신경이 쓰여 아무것도
하지 못할 때가 있었지.
좋은 사람으로 남고 싶어서 아무 말도 하지
못할 때도 있었어.

삶에서 가장 중요한 건 나 자신인데
남이 내 삶을 대신 살아줄 것도 아닌 걸 알면서도
남들의 기준에 맞춰 살기 바쁘더라고.

앞으로의 내 삶은 나답게 살고 싶어.
내가 하고 싶은 일, 좋아하는 것을 하며
아프지 않고 행복하게 살았으면 해.

다정함

다정한 사람이 좋다.

무작정 모든 사람에게 다정한 사람이 아니라

나에게만 다정한 사람이라면 더 좋겠다.

예쁜 말을 할 줄 알고 사소한 것도

사랑할 줄 아는 사람이면 좋겠다.

날씨가 좋다며 예쁜 꽃을 준비해서 선물할 줄 아는 사람
달이 예쁘다며 같이 걷자고, 집 앞으로 데리러 온다는 사람
같이 걸을 때는 걷는 속도를 맞춰 걸을 줄 아는 사람
맛있는 음식 앞에서도 나를 먼저 챙겨주는 사람
서로의 삶을 이해해주는 사람
서로의 다름을 틀림이라고 생각하지 않는 사람
그런 다정한 사람을 만나고 싶다.

그런 사람이라면 오래도록 사랑해도 좋을 것 같다.

닮아가는 과정

예쁘다.

말을 건넬 때 신중히 고민하고 내뱉는 단어와 문장이 사랑스럽다. 길을 지나가다 아이들이 보이면 입가에 미소를 지으며 조심스럽게 손을 흔들어 인사하는 모습은 다정해 보인다. 예쁜 꽃을 선물했을 때 부끄러운 표정을 지으며 천천히 팔을 벌리며 안아 달라고 몸짓하는 네가 예쁘다.

너는 주변의 사소한 것들을 자세히 바라볼 줄 아는 사람이고, 밤하늘에 달이 예쁘게 뜨면 한자리에서 바라보다 저기 예쁜 달이 있다고 예쁜 것을 나눌 줄 아는 사람이고, 못난 글씨라고 말하지만 며칠 밤을 새워 천천히 손편지를 적어 마음을 선물할 줄 아는 따뜻한 사람이다.

사랑하면 서로를 닮아간다고 하는데. 나도 예쁜 것을 나눌 줄 아는 사람이 되고 싶다. 못난 글씨이지만 며칠 밤을 새워 따뜻한 마음을 담아 손편지를 적어 나눠주고 싶다. 당신을 닮아 다정하게 오래도록 사랑해 주고 싶다.

약속

사실 그동안 내가 만나기로 했던 시간보다 훨씬 더 먼저 도착했던 이유가 있어. 네가 좋아할 만한 음식점이 있는지, 또 카페는 있는지, 예쁜 꽃을 선물해 줄 꽃집이 있는지 알아보고 싶어서였어.

너는 그런 나를 보고 다음에는 조금은 늦게 도착해도 괜찮다고 말했지. 하지만 나는 혼자 걷던 거리를 너와 함께 걸어서 설레었고, 너와 함께 가면 좋겠다고 생각했던 그 음식점에서 네가 행복해하는 모습에 행복했고, 좋아할 것 같아 같이 간 카페에서 네가 어떻게 이런 곳을 알았는지 물어

볼 때의 그 표정도 사랑스러웠어. 너에게 잠시 화장실을 간다며 자리를 비우고 아까 둘러본 꽃집에서 예약했던 꽃을 선물할 때 부끄러운 듯 살며시 웃는 너는 내가 선물한 꽃보다 더 예뻤어.

이렇게 같이 행복하고 좋은 것이 사랑이라면 나는 언제라도 약속했던 것보다 먼저 와서 너를 기다리고 싶어. 너는 천천히 나에게 다가와도 괜찮으니까 도착했을 때 보고 싶었다며 활짝 웃으며 달려와줬으면 좋겠어. 그리고 세상에 우리 둘만 존재하듯 서로의 품에서 온기를 나누자. 사랑한다는 말과 함께 서로를 바라보며 바보 같은 웃음을 지어도 좋겠어. 우리 오랜 시간을 함께한다고 해도, 지금처럼 변함없이 서로를 배려하고 사랑했으면 좋겠어. 몇 번의 계절을 함께한다고 해도 우리 사랑은 변하지 말자. 우리는 꼭 그런 사랑을 할 거라고 약속하자.

위로

초등학교 2학년 때 친구들과 술래잡기를 하면서 뛰어놀다가 넘어진 적이 있었다. 그때 친구들이 바보라고 놀렸는데 장난인 줄 알면서도 속상했었다. 그래서 집으로 가자마자 엄마 품에 안겨서 울었다. 오늘 뛰어다니다가 넘어졌는데 친구들이 바보라고 놀렸다고. 한참을 울었다. 엄마는 말없이 듣다가 머리를 쓰다듬곤 나를 일으켜 세우셨다. 그러고는 나긋한 목소리로 말씀하셨다.

"석아, 바보는 바라보고 싶은 사람이라는 뜻이야. 우리 석이가 좋은 사람이라서 친구들이 그랬나 보다."

나는 그제야 울음을 그치고 웃음 지을 수 있었다.

그렇게 시간이 지나고 어른이 됐을 때 나도 어머니처럼 따뜻한 말을 예쁘게 선물해 주는 사람이 되고 싶었다. 세상에 상처하나 없는 사람들은 없으니까. 사소한 말들에 상처를 받는 사람도 있을 테니까. 그래서 주변 사람들에게 먼저 따뜻한 말을 건네봤다. 처음에는 나를 보고 오글거리고 어색하다며 싫어하는 사람도 많았다. 그런데 시간이 지나니까 다정하다며 나를 찾는 사람들도 생기더라. 그게 참 좋았다. 나는 내가 별 보잘것없는 사람이라고 생각했는데 아닌 것처럼 느껴졌으니까. 그때 이런 생각이 들었다. 위로를 건네고 싶어 시작한 게 나를 위로할 수도 있구나. 행복이든 위로든 좋은 것은 나눌수록 더 좋아지는구나. 그래서 나는 앞으로도 더 많은 것을 나누고 싶다. 어떠한 사람들이 찾아온다고 해도.

나는 아직도 사소한 한마디가 그렇게 오래 남는다. 분명 나와 같은 사람들이 세상에 존재할 거라고 생각한다. 그런 사람들에게 이 말을 전해주고 싶다. 당신, 당신이 생각했던 것보다 괜찮은 사람이라고. 전부 당신 잘못이 아니라고. 잘 살아내고 있다고.

당신도 누군가에게는 계속 바라보고 싶은 사람일 거라고.

집착

어느 하나에 집착하다 보면 생각도 마음도 갇히게 된다. 행복하고 싶은 마음에 행복이라는 것에만 집착하다 보면 오히려 삶은 점점 불행해진다. 불행해지는 이유는 행복이라는 기준을 만들었기 때문이다. 만약 그 기준에 도달하지 못하게 된다면 결국 상심하거나 자책하게 된다. 정말 행복하고 싶다면 행복이라는 감정이 자연스럽게 삶에 스며들 수 있도록 기다리는 것이 오히려 조금 더 행복과 가까워지는 방법이다.

흘러가는 대로 삶을 살아가보라는 것이다. 물론 아무것도 하지 않으면서 기대만 하는 것도 문제가 되겠지만. 자신이 처한 상황에서 최선을 다하며 자연스럽게 행복을 기다리는 것이다. 어느 것도 집착을 하지 않다 보면 오히려 마음은 편해진다. 어떤 것에 집착하다 보면 결국 내 삶만 불행해질 뿐이다.

시간이 지날수록 삶에 관해 알게 되는 것이 많아진다. 아무리 최선을 다해도 이뤄낼 수 없는 일이 있고, 최선을 다하지 않았지만 쉽게 이뤄지는 것들도 있다는 것. 안 되는 것은 조금 놓아줄 줄도 알고 눈에 보이는 기회가 있다면 최선을 다해서 끝까지 이뤄내야 한다는 것. 억지로 애쓰며 삶도 사람도 사랑도 붙잡고 있다 보면 결국 언젠간 탈이 나기 마련이라는 것. 탈이 나기 전에 정리하는 것도 능력이라는 것. 그러니 가끔은 천천히 마음을 정리해야 한다는 것.

그렇게 비우고 비우다 보면 어느새 마음은 텅 빈 상태가 된다. 그때 또 천천히 채워나가면 된다. 그러다 보면 어느새 행복도 찾아오고 기회도 찾아올 것이다. 그때 온전히 그 마음을 누리며 행복해하고 그동안 하고 싶었던 일을 이뤄내면 된다. 세상에는 내가 아무리 노력해도 안 되는 일들이 있다. 그런 것들에 연연하며 후회하기보다는 내가 더 잘할 수 있는 일을 선택해 삶을 나아가야 한다. 그거면 충분하다.

쉬어가도 괜찮아

창문을 열어보니 날씨가 좋았다. 답답한 방에서 문을 열었더니 선선한 바람이 불어왔고 창문 밖에서는 동네 아이들이 소리를 지르며 뛰어다니는 소리가 들렸다. 나무가 흔들리고 나뭇잎들이 서로 부딪히며 바스락거리는 소리가 난다. 기분전환이 필요했다. 산책을 가고 싶었다. 산책로는 아파트 뒤에 있는 뒷산으로 가기로 했다. 먼 곳으로 떠나면 돌아오는 동안 왠지 마음이 공허해질 것 같았다. 그렇게 최대한 가볍게 입고 집을 나섰다.

처음 마주한 입구에는 낙석주의라는 말이 적혀 있었다. 이 표지판을 보고 무서워서 산을 올라가지 않는 사람은 몇이나 될까. 마스크 때문에 숨을 헐떡이며 계단을 올랐다. 마스크를 벗고 싶다는 생각이 강하게 들었는데 사람이 없어도 불안했다. 이렇게 보면 아주 사소한 것도 조심하고 무서워하는 사람인데 낙석주의라고 적혀 있는 산은 어떻게 아무렇지 않게 올라왔을까 싶다. 이럴 때 보면 인간은 참 모순적이다.

한참을 올라가서야 평탄한 길이 나왔다. 걷고 또 걸었다. 안쪽으로 더 들어가자 큰 나무의 그늘 아래 작은 정자 하나와 몇 가지 운동기구가 있었다. 마을 어르신들은 정자에 앉으셔서 담소를 나누시고 계셨고 옆 운동기구에는 나와 나이대가 비슷한 사람도 있었다. 그곳에서는 왠지 경쟁 없이 모두가 평범한 사람처럼 느껴졌다. 마음이 평온해지고 따뜻했다. 예쁜 꽃 사진을 몇 장 찍고 다른 곳으로 향했다.

걷다 보니 또 다른 오르막이 나왔다. 한참을 걷고 또 걸어서 도착한 곳은 내가 생각했던 것보다 꽤 높은 곳이었다. 아파트가 한눈에 보이고 멀리 있는 도시도 보였다. 숨통이 트이는 것 같았다. 일 때문에 쌓여 있던 스트레스도 날아가는 것 같았고 복잡하던 인간관계도 생각이 나지 않았다. 그렇게 한참을 큰 돌에 앉아서 멍하니 있었다.

그러다 문득 주변을 둘러보니 내가 있는 곳보다 더 높은 곳이 있는 것이 보였다. 지금 있는 곳이 가장 높은 곳이라고 생각했는데 더 높은 곳이 있었던 것이다. 하지만 그쪽으로 향하진 않았다. 지금도 충분히 높은 곳이었으니까. 이곳에서 잠시 주변을 둘러보며 쉬고 싶었다.

그러고 보면 삶도 그랬다. 내가 지금 서 있는 곳에 만족하지 못할 때가 많았다. 좌절하고 자책하며 나를 더 깎아내렸고, 결국 지쳐서 포기하거나 망가지기만 했었다. 현재의 삶에 만족하지 못하거나 앞으로 나아가지 못하는 기분이 들 때 가끔 내 주변을 둘러보는 것도 좋을 것 같다. 잘 살아내고 있다고, 이 정도면 잘 해낸 거라며 자신을 달래 줬으면 좋겠다. 주변을 둘러보면 나도 생각보다 열심히 살았다는 걸 알 수 있을 테니까.

물론 더 높은 곳이 있겠지만 더 높은 곳을 올라가기 위해선 지금 위치에서의 휴식도 필요한 법이니까. 물도 마시고 주변도 둘러보고 다시 일어나도 충분히 늦지 않을 테니까. 달려가기만 하다보면 예쁜 풍경들을 놓치고 살 때가 많으니까. 충분히 잘하고 있다.

친구

인간관계에 지칠 때가 있다. 그 어떤 사람과도 연락을 하고 싶지 않은 순간. 누구에게도 마음을 줄 수 없고 누구도 믿고 싶지 않은 때가. 나도 그런 순간이 있었다. 믿었던 사람이 나를 배신하고 험담했다. 그렇게 한두 명씩 잃다 보니 정작 내 사람이 누군지를 알아보기가 힘들어졌다. 그런 내가 선택했던 건 혼자 지내는 거였다. 그 누구도 만나지 않고 한참 혼자 지내고 있을 때 친구에게 연락이 왔다.

“요즘 뭐하고 지내? 연락이 없네.”

나는 마치 그런 연락을 기다리기라도 했다는 듯이 한마디에 무너졌다. 특별한 말은 아니었지만 아무런 말 없이 혼자만의 세계로 떠난 나에게 이런 연락을 할 수 있는 사람이 몇이나 될까. 친구는 언제가 괜찮냐고 물었다. 내가 사는 곳까지 오겠다고 했다. 그렇게 친구와 집 근처 카페에서 커피를 마셨는데 어색한 기운이 맴돌았다. 먼저 말을 꺼낸 건 고맙게도 친구였다.

“사실 갑자기 사라져서 조금 놀랐어. 너도 그렇고 나도 그렇고 다들 사연이 있겠지만 적어도 내가 아는 너는 갑자기 사라질 사람이 아니었거든. 분명 너도 무슨 일이 있었겠지? 사라진 이유는 묻지 않을게. 그 대신 나중에 말하고 싶으면 말해줘. 오랜만에 얼굴 보니 반갑네."

그 잠깐의 시간 동안 그동안 쌓아올린 마음의 벽이 허물어진 기분이었다. 혼자 지내는 동안 과연 사람에게 받은 상처가 나을 수 있을까 싶었는데 단 한 번에 사라지는 기분이었달까. 나도 누군가에게 보고 싶은 사람일 수도 있다는 생각이 들었다.

친구의 말에 어떤 대답을 해야 할지 고민하다가 그냥 고개를 끄덕였다. 그리고는 만나서 반갑다고 이렇게 와 줘서 고맙다는 말을 했다. 친구는 고마워할 필요 없다고 했다. 친구라는 건 원래 그런 거라면서. 생각해보면 친구라고 여겼던 사람들에게 발등을 찍히고 나서 이 친구와도 거리를 유지했던 것 같다. 마음의 짐을 털어놓기도 하고 사소한 것에도 웃기도 했던 사이였는데. 몇 사람과의 문제가 친구라는 관계 전부를 어렵게 만들었다. 좋은 사람은 여전히 좋은 사람이었는데.

혹시라도 지금 당신 곁에 좋은 친구가 있다면 고맙다는 말을 한 번 전했으면 좋겠다. 나에게 어떤 일이 일어나더라도 내 곁에 있어주는 사람이 있다는 것만큼 좋은 건 없을 테니까.

하나뿐인 우주

마음이 잘 맞는 사람이 있다는 건
특별한 일이다.
서로 다른 세상에서 살다 온 두 사람이
한 우주를 만들어간다는 건
쉽지 않은 여정일 테니까.

어느 날은 마음이 서툴러서
다투는 날도 있겠지만 시간이 지나면
내가 미안했다며 먼저 화해를 하기도 하고
다시 아무 일 없었다는 듯이
사랑한다는 예쁜 말을 선물하겠지.

무슨 일이 있어도 함께 하고 싶고
힘든 날이면 사랑하는 사람의 한마디에
웃음이 생겨나기도 하고
행복한 날에는 그 순간을 함께 나누고 싶겠지.

낯선 두 사람이 만나서
세상에 하나뿐인 우리를 만들어가는 것
그게 사랑 아닐까.

흔한 사람

길거리를 걷는 사람들도, 카페에서 커피를 마시는 사람들도, 음식점에서 음식을 먹는 사람들도 흔하고 평범한 사람이겠지. 그런 사람들 중에서 어떤 사람은 언젠가 삶에 한 번쯤은 스쳐가는 사람이 될 수도 있고, 평생을 모른 채 살아가는 사람이 될 수도 있겠지. 그런데 말이야. 나는 당신과는 필연 같은 사람이 되고 싶어. 스쳐 지나가는 사람이 될 수도 있겠지만, 하필이면 당신을 만나서 사랑하고 행복했으면 좋겠어. 매일 마주하는 삶에 스쳐 지나가는 흔한 사람이 아니라 서로의 인생에서 가장 특별한 사람으로 남았으면 해.

종이

한동안 책에 빠져 살았을 때 자주 읽던 책이 있었는데 읽을 때 자연스럽게 종이가 접히는 게 싫었다. 접히지 않게 조심스레 넘기기도 하고, 힘을 빼고 책을 잡기도 했다. 그렇게 노력해도 자주 펼쳐보니까 책이 상하는 건 마찬가지였다. 처음과 다르지 않은 상태로 오래도록 보고 싶었는데, 마음처럼 쉽지가 않았다. 사실 시간이 지나서 변하는 건 당연한 일이다. 그래도 처음과 달라진 모습은 사소한 것이라도 서운하다. 소중하게 대하는 만큼 변치 않았으면 하는 마음은 어쩔 수가 없는 거니까.

어쩌면 사랑도 그런 거 아닐까. 처음에는 사랑하는 사람의 모든 모습이 설레고 어떤 모습이든 눈에 담고 싶어 한다. 하지만 시간이 지날수록 서로가 가까워지면 대화를 나누는 것도 편해지고 서로가 당연하게 느껴진다. 처음의 설렘은 사라지고 익숙함만 남게 되고 그 속에서 소중함을 잊거나 예전의 설렘을 그리워하기도 한다. 하지만 그렇다고 해서 사랑하지 않는 건 아닐 것이다. 옆에 있는 그 사람의 온기가 좋고, 익숙함이 좋고, 사랑이 평안하다고 해서 사랑하지 않는 건 아니니까. 사랑하다 보면 서운한 감정이 생길 수도 있다. 각자 다른 세상에서 살다 온 두 사람이 함께한다는 건 어려울 일이 맞으니까. 그러니 서로 이해하고 배려해야 하는 거겠지.

접히지 않길 바랐던 종이처럼, 처음의 설렘이 영원하길 바라던 사랑도 시간이 지나면 조금씩 변해갈 거다. 종이는 접히고 사랑은 익숙해졌다. 우리, 자연스러운 변화에 적응해보는 건 어떨까. 변하는 건 자연스럽게 시간이 흐르는 과정 중 하나이니까. 접힌 종이는 다시 펴서 읽으면 되고, 설렘이 사라진 사랑은 다정함으로 채워 사랑하면 되니까. 그렇게 살아가면 되니까.

속도

일을 시작하면서 이곳저곳에서 여러 사람을 만나게 됐다. 그러다 보면 자연스럽게 대화하고, 밥을 먹고, 함께 생활하는 일이 생겼다. 어디론가 이동을 할 때 차를 타는 경우도 있었지만, 차를 가지고 오지 않을 경우에는 대부분 걸어서 다닌다. 처음 마주하는 사람과 걷다 보면 걸음이 빠른 사람이 있었고, 걸음이 느린 사람도 있었다. 빠른 사람은 속도가 빨라 함께 걸을 때 힘들었고, 느린 사람은 천천히 걷느라 생각했던 시간보다 늦게 도착했다. 생각해 보면 걸음이 빠른 사람도 느린 사람도 결국엔 가고자 했던 곳으로 도착은 했다.

걸음이 빠른 사람과 느린 사람. 이 둘의 공통점은 어떠한 속도라도 정해진 방향이 있었고, 결국에는 정해진 곳으로 도착했다는 것이다. 어쩌면 삶도 이와 같다고 느껴졌다. 빠른 걸음의 사람도 느린 걸음의 사람도 결국은 정해진 방향이 있다면, 어떠한 속도라도 무사히 도착하게 된다는 것을 말이다.

내가 빠른 사람이라면 남들보다 조금 더 일찍 도달할 수 있겠지만 빠른 속도에 주변을 바라보지 못할 수도 있고, 느린 사람이라면 남들보다 조금은 늦게 도달하게 될 수도 있지만 주변을 천천히 돌아보며 도착할 수 있다. 하지만 아직 나의 속도를 모르겠고, 내가 어떤 사람인지 잘 모르겠다고 고민을 하고 있는 사람이라면 이 모든 과정들이 괜찮다고 말해주고 싶다. 삶은 조금씩 변화하며 성장하는 것이니까. 우리가 살아가야 할 삶은 속도가 중요한 것이 아닌 정확한 방향과 노력이니까. 그것이 있다면 원하는 것을 이뤄낼 수 있다.

삶의 속도는 중요하지 않다. 삶을 살아가면서 명확한 목표와 방향을 정할 수 있는 사람이라면, 무엇이든 잘 해낼 수 있을 테니까. 그러니 쓰러져도 무너져도 포기하지 않고 살아갔으면 한다. 내가 하고 있는 일들이 정말 잘 할 수 있을지 모르겠고, 잘 해내고 있는지 모르겠다면 잘 해내고 있다고 말해주고 싶다. 모든 과정에 흔들려도 괜찮다. 흔들릴수록 가고자 했던 길은 더 단단해지고 서툴렀던 것들에 노련해질 테니까.

더 나은 사람

평소보다도 신발 끈을 더 꽉 묶고, 아무 생각 없이 산책로를 뛰어다녔다. 엘리베이터보다는 계단을 오르기도 하고, 발신자도 수신자도 없는 편지를 우체통에 넣어 버리기도 했다. 평소 듣지 않는 다른 취향의 노래를 듣거나, 한낮에도 잠들기 위해 억지로 눈을 감기도 했다. 그렇게 조금이나마 낯선 일을 찾다 보면 삶에 희망이 생기는 것 같았다.

이른 나이부터 혼자 버티는 법을 배웠다. 남들에게 의지하고 기대도 괜찮았지만 나는 그게 어려웠다. 누군가에게 지금 겪고 있는 고통을 말하게 되면 왠지 그 사람에게 떠넘기는 것만 같았다.

그래서 누구의 품에 안겨서 우는 것보다 방 안에서 이불을 머리끝까지 뒤집어쓰고 우는 날이 많았다. 감정이라는 건 참으면 참을수록 더 불어나는 것 같았다. 더 무거워지고 힘들어졌다. 그래서 한 번은 쌓아둔 것들을 풀기 위해 하루 종일 울거나 베개에 얼굴을 파묻고 소리를 지르기도 했다.

그건 정말 버티는 것 그 이상 이하도 아니었다. 소중한 사람들이 떠날수록 공허한 마음은 붙잡을 수 없이 커졌고, 무엇인가 어긋나게 되면 자책하게 됐다. 혼자서 견디기 어려운 날에는 길을 걷다가 아무나 붙잡고 울고 싶을 때도 있었다. 하지만 차마 그러지는 못했다. 가까운 사람들에게 마음을 털어둘 수도 있지만 가까운 사람일수록 속마음을 보여주는 게 힘들다는 걸 알고 있으니까. 나쁜 사람들만 있는 것은 아니지만 약한 모습을 보이면 약점을 잡히는 것 같았다.

어떨 때는 어린아이처럼 상처가 나면 그 자리에서 주저앉고 싶은 날이 있다. 싫어하는 것이 있다면 그 자리에 누워서 싫다고 떼를 쓰고 싶을 때가 있다. 하지만 몸도 마음도 훌쩍 커버렸는데 어린아이처럼 행동하는 것도 쉬운 게 아니다. 할 수 있는 건 조금 더 견고하게 견디는 법을 배우는 것이었다.

누구나 버티고 또 견디다 보면, 끝내 힘들어서 결국 삶을 포기하고 싶어지는 순간들이 생긴다. 그런 순간을 벗어나고 싶다면, 희망을 가지고 살아가야 하는 이유를 만들어가는 과정이 필요하다. 현재 나의 삶에 중요한 것은 무엇인지, 내가 바라는 것이 무엇인지, 무엇을 해야 내가 행복한지. 비록 그게 작고 사소한 것들이어도 좋다. 그것들을 찾아내고 더 잘 알아가다 보면, 분명 조금 더 잘 버틸 수 있는 내가 되어 있을 것이다. 어제보다 더 나은 사람이 된 내가, 더 단단한 사람이 된 내가.

우물

나는 눈물이 많은 아이였다. 슬프거나 억울하거나 속상한 일이 있으면 말보다 눈물이 먼저 나왔다. 그래서 하고 싶은 말이 있을 때도 흐느적거리면서 제대로 말하지 못할 때도 있었고, 별명이 울보였던 적도 있었다. 한참 울고 나서 세수를 하고 나면 마음이 편안해졌다. 거짓말 같지만 모든 일이 없던 일처럼 괜찮아지는 날들도 있었다. 무릎을 쪼그려서 가슴에 붙여 우는 날도, 방 안에서 문을 닫고 혼자 대성통곡을 했던 날도 있었다.

시간이 지나면서는 그런 날이 조금씩 줄어들었다. 좋게 말하면 어느 정도는 견딜 수 있는 마음이 됐다는 거였고, 나쁘게 말하자면 상처를 아무렇지 않게 여기게 되었다는 것이다. 때로는 무조건 견뎌내야 하는 게 꼭 정답이 아닌 걸 알면서도 참아내야 할 때가 있다. 예전 같았으면 방문을 닫고 혼자 울었을 텐데. 몸이 자라면서 마음도 자랐는지 억지로 참아내게 된다. 그렇게 시간이 지나 그것들이 쌓이고 쌓이다 보면, 결국 마음에 병이 생겨 참아내지 못하고 아픔이 터지는 날이 있다. 그러면 방문을 잠그고 한참을 울고 눈이 퉁퉁 부은 상태로 나와서 세수를 한다.

그럼 좀 괜찮아지는 것 같았다. 마음에 응어리도 사라지는 것 같고, 목 끝까지 차올랐던 무언가가 사라지고, 마음도 몸도 깨끗해지는 것 같았다. 시간이 더 지나서 학교를 졸업했을 땐, 이제 나도 어른이 되었으니 엄마나 아빠처럼 강한 사람이 되어서 울지 않을 줄 알았다. 내게 어른은 아주 특별하고 멋진 사람이었으니까. 하지만 내가 어른이 되어서 맛본 건 인생의 아주 쓴맛이었다. 어느 곳에서는 내가 대신 혼나기도 하고, 어느 곳에서는 인격모독과 욕설을 뒤집어써야 했다. 술을 마셔본 적이 많지는 않았지만, 왜 어른들이 술이 달다고 하는지 알 것 같았다.

마음에는 또 응어리들이 쌓이고 있었다. 그러다가 한 번은 열심히 일하던 곳에서 이상한 소문에 의해서 퇴직을 권유받았던 적이 있었다. 그 당시 퇴직을 하고 추후에 그 소문이 사실이 아님이 밝혀져 사과를 받기도 했지만, 이미 마음은 망가질 대로 망가져서 그곳에서 다시 일할 수는 없었다. 그렇게 쌓여 있던 것들이 다시 터져버렸다. 어른이 되면 울지 않을 줄 알았는데, 어른도 사람이었던 거다. 평소 울던 것보다 더 서럽게 한참을 울었던 것 같다. 울고 나서는 홀린 듯이 세수를 하고 자리에 앉았다. 그러고 또 있다가 그 일이 좀처럼 가라앉지 않아서 또 울었다. 며칠간 정신 나간 사람처럼 지냈다.

결국 나는 엄마나 아빠처럼 강한 사람은 되지 못했다. 어릴 때와 같이 어른이 되어서도 울었으니까. 그때 들었던 말들 중 가장 속상한 말은 우는 것이 꼭 정답이 아니라고 말이었다. 서로 마음의 응어리를 해결하는 방법이 다른 것인데 그것을 이해해 주지 못하는 사람들이 있다. 사람마다 느끼는 행복이나 슬픔이 다르듯 해결 방법도 다 다른 것이다. 이럴 때면 항상 하는 말이 있는데, 다름을 틀림으로 받아들이지 않았으면 하는 마음이다.

울면서 알게 된 것이 하나 있는데 사람 마음에는 우물이 있다는 사실이다. 크기가 제각각인 우물 말이다, 그리고 내 마음에는 다른 것보다 훨씬 작은 우물이 있었다. 나는 우물이 다 차오를 때마다 눈물로 쏟아내곤 했다. 다 쏟아내야만 다시 그 우물에 다른 감정을 쌓을 수 있고 또다시 살아갈 수 있는 원동력도 생겼다. 어떤 사람은 어른이 되어서도 우는 것을 부끄럽게 생각하기도 한다. 하지만 운다고 해서 절대 부끄러운 것이 아니라고 말해주고 싶다. 오히려 자신의 감정에 솔직한 것이니까. 내가 우는 것에 대해서 부끄럽지 않아 하는 이유도 이것이다. 감정에 솔직한 것이 잘못된 건 아니니까.

다른 사람들도 각자만의 방법으로 우물을 비워 낼 수 있는 방법을 찾았으면 한다. 우는 것이 마음이 편하다면 울어도 보고, 여행을 통해서 위로를 받을 수 있다면 멀리 떠나보는 것도 좋다. 다만 여기서 가장 중요한 것은 남들에게 피해를 주지 않고 혼자서 해결할 수 있는 방법을 찾아야 한다는 것. 그것으로 인해 내가 더 나은 사람으로 성장할 수 있도록 말이다. 어떠한 방법으로 우물을 비워 냈다면 다시 일어나서 남은 삶도 그동안 살아왔던 것처럼 열심히 살아가길 바란다. 더 나은 사람으로 더 나은 세상을 바라볼 수 있도록.

열정

나는 늘 좋아하는 게 생기면 그것만 바라보고 붙잡고 있고 싶어 했다.

처음 내가 좋아했던 일은 요리였다. 손가락을 베어가면서 뭐가 그리 좋은지 학원을 다니고 자격증 시험을 쳤다. 그렇게 좋아하는 일이 잘 되지 않아도 계속 붙잡고 있었다. 그동안 내가 해온 것들이 아까워서, 이게 아니면 할 줄 아는 것이 없다고 생각했다. 어느 순간은 이 길이 내 길이 아니라는 것을 알면서도 포기하지 못했다. 오히려 포기하려고 할수록 생각이 많아졌고 그곳에 집착하게 됐다. 하지만 집착할수록 나만 더 괴로워졌고 힘들어졌다. 마치 긴 터널에서 더는 나아가지도 돌아가지도 못하고, 그저 한가운데에 서 있는 기분이었다.

답답한 마음에 친하게 지냈던 요리 선생님에게 전화를 걸었다. 선생님도 이런 기분을 느껴본 적이 있냐고. 좋아서 시작한 일인데 내가 생각했던 것보다 행복하지도 않고 이 길이 안 맞는 것 같다고 그랬다. 그러자 선생님은 이 길이 맞지 않다면 다른 것을 도전해보고 경험해보라고 하셨다. 집착하다 보면 아무것도 얻을 수 없다고. 보내줘야 하는 것이 있다면 물 흐르듯 보내주는 것도 좋은 방법이라고. 말씀을 들으니 오랫동안 체해 있던 것이 다 내려가는 것 같았다. 긴 터널을 벗어날 수 있을 것 같았다.

선생님 말씀대로 그동안 일들을 붙잡지 않고 물 흐르듯이 포기하기로 했다. 먼저 내가 했던 것은 집에 있던 요리 가방과 주방에 있던 칼 가방을 버리는 일이었다. 눈앞에 있으면 자꾸 요리를 떠올리고 포기하지 못할 것을 알고 있었다, 그것들을 우연으로라도 보는 일이 없도록 버리는 수밖에 없었다. 몇 년 동안 해왔던 것을 포기하기까지의 과정은 생각보다도 더 어려웠지만, 보내주고 나니 오히려 마음은 생각보다 편안했다. 미래에 관한 걱정은 어느새 다시 무엇인가를 이룰 수 있다는 열정으로 변하였고, 무엇이든 다시 도전하고 싶다는 마음이 충만한 상태가 됐다. 내가 좋아한다고 느끼는 무엇인가가 또 생겨난다면 끊임없이 도전하고 경험할 것이다. 아직 내가 찾아내지 못한 곳에 적성에 맞는 일이 존재할 수도 있으니까.

오늘도 최선을 다해 살아가고 싶다.

색다른 삶

하루를 마치고 딱히 위로를 얻을 곳이 없을 때는 치킨을 시켜 먹거나 편의점에서 맥주를 사다가 영화를 보면서 마시기도 한다. 며칠 전에는 일이 끝나고 몸이 좋지 않아서 사치인 것을 알았지만 택시를 타고 편하게 집에 왔고, 방 청소를 하는 날이었는데 바다가 보고 싶어져서 방을 치우지 않고 지하철을 타고 바다로 향했다.

때로는 어떤 방법으로든 내 삶에게 위로를 주는 것이 꼭 필요하다. 그것이 책을 읽는 것이든 맛있는 음식을 먹는 것이든 좋아하는 여행을 가는 것이든 무엇이 됐든 말이다. 좋아하는 것이라면 더욱 좋다. 좋아하는 만큼 마음이 더 편해질 테니까. 삶이 바빠지면서 아주 작은 위로도 삶에 얼마나 큰 영향력이 있는지 알게 되었다. 어느 순간은 무거운 마음을 내려놓기도 하고, 아무 할 일이 없는 사람처럼 편안하게 있고 싶다. 그렇게 아주 잠시라도 있다 보면 행복이라는 그리 멀리 있는 것이 아닌 것 같다.

퇴근 후에 집에서 홀로 먹는 치킨과 맥주나 주말에 아무 약속도 잡지 않고 집안에서 보는 영화나 시간을 내서 잠시 떠나는 여행, 그것이 나에게는 사소한 행복들이다. 그것들이 있기에 삶을 계속 살아갈 수 있고, 다시 찾아오는 평일에 힘내서 일을 할 수 있다. 내 삶에서 내가 무엇을 해야 행복할 수 있는지 알아내는 것도 참 중요하다. 많은 사람과 얘기하다 보면 행복에 대해서 어렵게 생각하는 사람들이 많다. 어느 사람은 제주도에서 몇 달이나 며칠을 살고 와야 행복하다고 했고 어느 사람은 일을 몇 년 동안 쉬면 행복할 것이라고 했다.

적어도 내가 생각한 행복은 그렇게 특별한 곳에서만 오는 것이 아니다. 내가 삶을 살아가는 데 있어서 잠시라도 숨을 돌릴 수 있는 것, 아주 사소한 것이라도 희열을 느낄 수 있는 것, 그런 것이었다. 그리고 생각보다 행복은 어려운 것이 아니다. 늘 우리 곁에서 우리를 기다리고 있다. 다만 우리가 지금의 상황이 각박해서 가까운 행복조차 제대로 바라보지 못하고 있을 뿐. 그래서 내가 무엇을 통해 위로를 받고 행복을 느끼는지 잘 알아야 한다는 것이다. 매번 똑같은 삶에 내가 지쳐버리지 않도록 말이다.

선택

오랜만에 텔레비선을 볼 때였다. 안녕하세요라는 프로그램이 방송되고 있었다. 주인공은 더 좋은 선택을 하기 위해 주변을 힘들게 한다고 했다. 거기 앉아있던 신동엽 씨가 그런 말을 했다. 모든 문제에 정답을 찾는 것은 영원히 해결할 수 없는 문제라고. 인생에 정답은 없고 수많은 선택의 연속이라고. 최선이든 최악이든 어떠한 길을 선택했다면 그 길을 책임지고 살아가야 한다고.

분명 최선과 최악 중에 무엇인지 선택해야 하는지 고민하는 사람이 있을 것이다. 모든 순간에 최선을 선택하면 좋겠지만 사람인지라 어떤 때는 최악을 선택할 때도 있다. 그런 사람들에게 무엇인가를 선택했다면 그것을 믿고 나아가라고 말해주고 싶다. 그것이 최악이라도 말이다. 분명 어떠한 선택이든 신중히 고민했을 것이고, 이유가 있었기 때문에 결정을 했을 테니까. 삶에서 더 나은 선택은 있어도 나쁜 선택은 없다고 말해주고 싶다.

삶은 선택의 연속이다. 밥은 오늘은 무엇을 먹을지, 옷은 무엇을 입을지, 어떤 하루를 보낼지. 선택에서 대한 명확한 정답은 없겠지만 각자만의 삶의 노하우로 더 나은 선택을 하고 있을 것이다. 그리고 더 나은 선택들로 삶을 채워나가고 있다면 하루의 끝에 한 번쯤은 확인했으면 하는 것들이 있다. 오늘 하루에 내가 선택한 것들에 잘한 게 있는지, 더 괜찮은 방법이 있었는데 그러지 못한 것이 있는지 그런 것들을 확인하길 바란다.

저번보다 더 나은 선택을 했다면 아주 사소한 것이라도 나에게 칭찬해 줬으면 한다. 내가 잘 해내고 있다는 것이니까. 부족한 선택이 있었다면 더 나은 선택을 하지 못했던 이유에 대해서 생각하고 왜 더 나은 방법을 그때는 생각하지 못했는지 생각해 보길 바란다. 생각해 보라는 것은 자책하거나 좌절하라는 것이 아니다. 내가 더 나은 선택을 하고 너 넓은 세상을 바라볼 수 있도록 나를 돌아보라는 말이다. 나를 가장 잘 알 수 있는 사람은 나 자신이니까. 지금의 위치보다 더 높은 곳에 위치하고 싶다면 나의 단점들을 정확히 알고 개선을 하기 위해 노력하고, 나의 장점들은 더 빛날 수 있도록 노력하며 발전해야 한다.

모두 삶에서 잘 살아내기 위해서 매 순간 최선의 선택을 하겠지만 그 순간에도 분명 실수를 할 수도 있고, 최선인 줄 알았지만 최악의 상황을 선택을 할 수도 있을 것이다. 하지만 그런 과정 또한 괜찮다고 말해주고 싶다. 인생은 그런 것이니까.

내가 선택한 것에 대해서 후회를 하기보다는 책임지고 살아가는 것, 때로는 옳지 못한 선택도 하지만 그런 것들을 발판 삼아 더 높은 곳을 올라가는 것, 모든 것들에 너무 완벽하려고 하지 않는 것 그런 것이 인생일 것이다. 안 좋은 결과라도 괜찮다. 이미 선택한 길이고 결과가 좋지 않아도 충분히 노력했을 테니까. 그 과정 자체가 이미 당신은 훌륭한 사람이 되어가고 있다는 것이니까.

사랑을 전하고 싶다면

누군가에게 사랑을 전하고 싶다면
그 사람의 행동에서
자주 반복되는 것을 기억해 주세요.
좋아하는 행동을 전부 해주지 못하더라도
싫어하는 것 한 가지를 하지 말아 주세요.
좋아하는 건 누구나 해줄 수 있지만
싫어하는 행동을 조심하는 건
아무나 할 수 없으니까요.

자주 대화하고 자주 이해하고 자주 생각해 주세요.
아주 사소한 것도 표현해 주세요.
사랑을 전하는 것은
생각보다 그리 어렵지 않으니까요.

가장 가까운 사람에 소홀하지 않고
사소한 것도 이해하고 사랑하는 것.
장점이 아닌 단점까지 보듬어주고 사랑해
줄 수 있는 것.
약속 시간보다 먼저 도착했다면
특별한 날이 아니어도 가까운 꽃집에 들러
꽃 한 송이를 선물해 주는 것.

누구나 할 수 있지만
아무나 할 수 없는 것들입니다.
그렇게 사랑해 주세요.
당신의 하나뿐인 사람에게, 사랑에게.

모든 순간

우리 몇 번의 계절을 함께 하고
오랜 시간 서로를 알아가더라도
사랑이 변하지는 말자.

설렘이 사라졌다고 해도
지금보다 더 먼 미래에도 함께할 수 있게
서로 배려하고 존중하자. 그렇게 사랑하자.
힘든 날이면 서로 어깨를 내어주며 기댈 수 있는
휴식처 같은 사람이 되어주자.

날이 좋은 날에는 같이 거리를 걷고
예쁜 하늘을 같이 바라보고
다정하게 웃으며 이곳저곳을 함께 떠나보자.

날이 좋지 않은 날에는
집안에서 서로를 꼭 껴안은 채로
따뜻한 커피를 마시며 함께 영화를 보자.

슬픈 영화라면 내가 같이 눈물을 흘리고
행복한 영화라면 내가 함께 웃어줄 테니까.
우리 서로에게 행복한 일이 있다면 같이 행복하고
슬픈 날에는 같이 울어주자.
그렇게 공감해 주고 이해해 주고 사랑해 주자.

서로가 전부인 듯 세상에서 우리 둘만
사랑할 수 있는 사람처럼 그렇게 사랑하자.
처음 우리가 마주했던 날처럼
우리가 사랑에 빠졌던 순간처럼
모든 날 모든 순간들을 함께하자.

눈

눈이 많이 내리는 날이었다. 사람들은 우산을 쓰고 거리를 돌아다녔고, 나도 당신을 만나기 위해 우산을 챙겨 나갔다. 길가에는 눈이 쌓여 치우는 사람도 있었고, 눈을 모아 눈사람을 만드는 사람도 있었다. 어린아이들은 눈을 던지며 웃고 있었다. 그런 모습을 보자니 어린 시절의 내가 생각나서 흐뭇한 미소가 지어졌다. 정류장은 바로 집 근처에 있었는데 눈이 쌓여 버스가 올라올 수 없다고 해서 한참을 걸어 마을 입구에서 버스를 탔다. 그렇게 먼저 약속 장소에 도착해 기다리고 있었다. 이내 맞은편 횡단보도에서 검은색 코트를 입은 당신을 볼 수 있었다. 우산에 가려 얼굴이 제대로 보이지 않았지만 멀리서부터 알아볼 수 있었다. 신호가 바뀌고 보폭이 좁고 천천히 걷는 걸음을 보고 확신할 수 있었다. 쌓인 눈 사이로 밟히는 작은 발자국이 하나씩 생겨났다. 고작 발자국 하나에 마음이 요동쳤다. 나는 너의 발자국 하나마저도 사랑하는 사람이었구나.

사소한 것

하루를 시작할 때
잘 잤는지 안부를 물어보는 사람이 있다는 것
일을 끝내고 집에 돌아가는 길에
전화 한 통을 할 사람이 있다는 것
별것 아닌 일을 별일인 것처럼
웃고 떠들 수 있는 사람이 있다는 것
아무 이유 없이 오래도록 곁에 머물러주는
사람이 있다는 것

사소한 게 우리를 기쁘게 한다.

괜찮아

춥고 어두운 겨울 바다라도 너와 함께라면 괜찮아.

흐린 하늘과 차가운 바람에도

너를 끌어안을 수만 있다면 괜찮아.

비가 내리는 날에 내 어깨를 내어주고

너만 비를 맞지 않을 수 있다면 나는 괜찮아.

네가 상처받거나 힘든 날에는
내가 너의 맘을 달래 줄게.

너의 모든 것에 스며들고 싶어.
너에게 한없이 잘 어울리는 사람이 되고 싶어.
그리고 우리라는 말이 가장 잘 어울리는 때가 됐을 때
여행지를 정하고 둘이 떠나버리자.

그곳에서 모두가 부러워하도록 사랑하자.
오랜 순간을 함께하자.
우리 사랑하다가 늙어버리면
서로의 손을 꽉 잡고 고맙다는 말과
네 덕분에 이렇게 사랑할 수 있었다고 말해주자.

고백

한 번은 산책을 하다가 강을 발견한 적이 있다. 나는 잘 모르는 곳이었는데 생각보다 유명한 곳이었나 보다. 사람들이 돗자리를 펴고 앉아 있었다. 웃고 떠들며 장난을 치고 있는 사람들도 있었고 이어폰을 한 쪽씩 끼고 누워서 음악을 듣는 연인들, 가만히 앉아서 사진을 찍는 사람도 있었다. 잠시 앉아있다가 강을 따라 이어진 길로 계속 걸었다. 사람들이 많은 곳이면 왠지 더 예쁜 곳이 있을 것 같았기에. 아니나 다를까 엄청 긴 대나무들이 서로 부대끼며 높게 자리 잡고 있었다. 눈으로 담기에는 아쉬워서 사진을 찍고 다시 집으로 향했다.

그리고 집에서 오늘 있었던 일들을 곱씹으며 일기를 적고 있는데 그 강에 돗자리를 펴고 앉아 있던 사람들이 생각났다. 모두 다 평화롭고 행복해 보였다. 아마 휴식처 같은 분위기와 조금씩 불어오는 바람과 큰 나무들 때문이었을까? 그렇게 예쁜 곳을 보고 있으니까 문득 당신이 생각났다. 같이 갔으면 얼마나 좋았을까. 사람이 많은 곳을 그리 좋아하지는 않는 사람이지만 평화로운 곳을 좋아하는 사람이니까. 당신이 좋아하는 것을 함께하고 싶은 마음, 그게 사랑일 텐데.

우리도 그런다면 어떨까. 내가 좋아하는 장소에 같이 갈 수 있다면 아침 일찍 일어나서 함께 나눠 먹을 도시락을 챙기고, 너의 집 앞으로 데리러 가고 싶다. 이어폰을 한 쪽씩 끼고 같은 노래를 듣고 싶고, 열심히 만들었던 음식들을 나눠 먹고 싶다. 강을 바라보며 멍하니 앉아 있다가 우리 사이에 어색한 정적이 흐른다면 담담하게 말해주고 싶다. 사실은 오래전부터 사랑하고 있었다고. 너와 매일 이러고 싶다고.

다름

나는 여행을 좋아하는 사람이다. 그래서 자주는 아니지만 가끔씩 한 번은 꼭 다녔다. 가이드 여행을 갔을 때 이야기다. 처음으로 가이드 여행을 갔던 날이었는데, 그 당시 숙소는 방이 그리 많지 않아서 한방에 두 명씩 지내야 했다. 관광지를 가기 전에 짐을 정리하는 시간이 있었다. 그때 서로 인사를 하며 짐을 풀었는데, 짐을 미리 챙겨가는 사람과 가서 필요한 것을 사는 사람이 있다는 것을 느꼈다. 나는 필요한 것은 여행지에서 바로바로 사는 사람에 속했다. 여행은 아무것도 없이 가서 아무것도 없이 돌아오는 거라는 생각이 있었다. 하지만 같이 지내는 사람은 나와 정반대인 사람이었다. 헤어드라이기부터 휴지, 물티슈까지 아주 사소한 것들도 챙겨 오는 사람이었다.

처음에는 저렇게 많은 짐을 챙겨오면 피곤하지 않을까라는 생각을 했었다. 그리고 2박 3일 동안 함께하는 여행에서 성향이 다른 사람과 함께 지내는 동안 별문제가 없길 바랐다. 누가 봐도 그 사람은 나와 정반대인 사람이었다. 나는 즉흥적인 것을 좋아했고 그 사람은 계획적으로 지내는 것을 좋아하는 것처럼 보였다. 그 사람은 어디든지 공책을 가지고 다녔고, 버스를 타는 것 하나까지도 기록했으니까. 그렇게 숙소를 나와서 관광지를 둘러보는 도중 여행을 온 다른 사람들 중 한 분이 넘어져서 다리에 상처가 났었다. 주변에는 구급용품이 없었다. 소독도, 치료도 할 수 없는 상황이라 전부 안타까워하고 있었다. 그때 방을 같이 쓰던 사람이 작은 가방에서 연고와 밴드를 꺼냈다.

그때 처음으로 느꼈다. 다르다는 것은 나쁜 게 아니라는 것을. 나와 성향이 너무 달라서 걱정됐던 그 사람이 챙겨온 연고와 밴드 덕분에 한 사람의 상처를 치료할 수 있었으니까. 나와 다르다는 이유로 내가 너무 선부르게 판단한 건 아닐까 하는 생각을 했다. 서로 다름을 인정할 줄 알고 이해할 줄 알아야 했는데 나와 다르다는 이유로 걱정부터 했으니 말이다. 서로의 다름을 존중할 수 있을 때 나도 조금 더 좋은 사람이 될 것이다. 나와 다른 사람을 내 기준에서 판단하지 말자고 다짐하는 여행이었다. 그렇게 생각지도 못한 곳에서 좋은 경험을 했다.

말에 관하여

살다보면 내가 생각지도 못한 때에 생각지도 못한 말이 내뱉어질 때가 있다. 사람이라면 어쩔 수 없이 그렇게 말실수를 하곤 한다. 그런데 세상에는 말을 할 때 아예 생각을 하지 않고 내뱉는 사람들이 많다. 예를 들자면 학생 때 친분을 과시하기 위해서 욕설이나 비난을 하기도 하고 서로를 놀리며 장난치는 것처럼. 가깝다는 이유 하나만으로 그런 것들이 암묵적으로 수용되는 것이다.

말은 눈에 보이지 않고 형태도 자세히 알 수 없기에 더욱 조심해야 한다. 언제 마음에 와닿아 상처가 될지 모르는 것이니까.

거칠게 말할수록 거친 말들이 입에 달라붙는다. 욕설을 자주 하다 보면 성격이 사나워진다. 그런 증거 자료들은 인터넷을 찾아봐도 흔히 알 수 있다. 학생들에게 총을 쏘는 게임을 하지 말라고 하는 어른들을 마음이 이제야 조금은 이해할 수 있게 됐다. 아직도 세상에는 말을 함부로 하는 사람들이 너무 많다. 본인의 마음에 들지 않으면 욕설을 하거나 언성을 높이는 사람도 있고, 이상한 신념으로 자신의 말이 다 맞는 것처럼 말하는 사람들도 있다.

세상의 그런 흐름에 휘둘려 똑같이 말하고 행동하지 말고 내가 내뱉는 말들에 책임감을 가져야 한다. 화내는 사람에게 화를 낸다면 결국 똑같은 사람밖에 안 되니까. 이상한 사람이 있다면 상대하려고 하지 말고 피하면 그만이다. 괜히 똥이 더러워서 피한다는 말이 있는 것이 아니다.

다만 나에게 좋은 말을 선물해 주는 사람이 있다면 좋은 말을 함께 나누면 된다. 속담에도 가는 말이 고와야 오는 말이 곱다는 말이 있다. 그렇다면 여기서 좋게 말하는 방법은 무엇일까. 좋게 말하는 것을 어려워하는 사람들이 있다. 좋은 말을 한다는 것은 내가 내뱉을 말을 한 번 더 생각하고 상대방의 입장을 이 말을 들었을 때 어떨지 생각해 보는 것이다.

그렇게 말에 대해서 고민하고 생각하다 보면 어느새 내뱉는 말들이 부드러워지고 주변에는 좋은 말을 나눠주는 사람들이 많아질 것이다. 말이라는 것은 마음에 박히는 비수가 될 수도 있고 마음에 담기는 선물이 될 수도 있다. 그러니 내뱉는 말들을 항상 조심해야 한다. 상대에게 상처주지 않기 위해서. 나라는 사람이 쉬운 사람이 되지 않도록. 좋은 말들로 좋은 관계를 유지하고 좋은 마음가짐으로 세상을 따뜻하게 바라볼 수 있도록.

착한 아이 증후군

인간관계는 내가 감당할 수 있을 만큼만 맺고 사는 편이 좋은 것 같다. 여러 사람과 지내다 보면 내가 망가질 때가 많고 정작 소중한 사람을 신경 쓰지 못해서 잃을 때도 많았다. 그렇게 잃은 사람들은 나중에 후회해도 돌아오지 않았다. 결국 할 수 있는 건 자책뿐이었다. 적어도 나와 가까운 사람들에게 소홀한 사람이 되지 않는 것, 소중하지만 한편으론 익숙해진 사람을 잃지 않는 것. 그것이 오랜 관계를 지속하는 방법이라고 생각한다.

우리는 어릴 때부터 남들에게 좋은 사람이 되어야 한다는 이야기를 들으면서 자란다. 그래서 그런지 모두에게 좋은 사람이 되려는 사람들이 많다. 누군가 부탁을 하면 거절하지 못하는 사람, 남에게 쓴 소리를 못하는 사람, 자신이 힘든 걸 알면서도 억지로 참아내는 사람. 그런 사람들에게 해주고 싶은 말이 있다. 처음에는 어렵겠지만, 관계를 놓아주는 방법도 부탁을 거절하는 방법도 조금씩 익혀가며 삶을 살았으면 좋겠다고. 많은 사람들이 말하는, '좋은 사람에게만 좋은 사람이면 된다'라는 말에는 다 이유가 있는 거라고. 모두에게 좋은 사람이 되어봤자 결국 손해 보는 사람은 나 자신이다. 쉬운 사람으로 낙인이 찍히거나 나쁜 일에 쉽게 이용당하기도 하고 속상한 일이 생기기도 한다.

관계를 놓아주거나 부탁을 거절하는 것이 꼭 나쁜 것만은 아니다. 아주 사소한 거라도 연습하며 그런 습관들을 길러 나갔으면 한다. 마음에 쌓아둬봤자 결국 알아주는 사람은 하나도 없다.

마음도 그릇과 비슷하다. 무언가가 결국 쌓이다 보면 버티지 못해 깨지게 되고 사람은 보통 그럴 때마다 크게 무너진다. 그릇이 깨지기 전에 비워냈으면 한다. 더는 상처가 덧나지 않도록, 상처가 곪아 터지지 않도록 약도 바르고 치료도 하며 살아갔으면 한다. 앞으로도 관계로 인한 문제들은 끊임없이 당신을 귀찮게 하겠지만, 그럴 때마다 당신이 일일이 아프지는 않았으면 한다.

02 잘했어

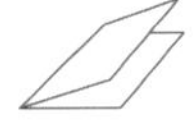
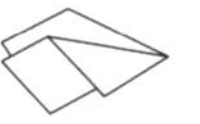

보고 싶어

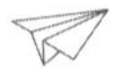

당신은 어떤 하늘을 봐도 생각나는 사람이구나.

비가 오는 날에는 우산은 챙겨서 나갔을까.

어디서 비를 맞지는 않을까.

혹시 우산이 없다면 내가 그곳으로 갈까.

날씨가 좋은 날에는 같이 산책을 하면

좋을 것 같은데.

맑은 날을 좋아한다고 했는데

날씨가 좋을 땐 어떤 기분일까.

사실 하늘도 날씨도 별로 중요하지 않다는 거

당신도 알고 있겠지.

다 보고 싶다는 핑계였으니까.

연인

언제부터였는지 나도 자세히는 모르겠어요. 어느 순간부터 당신을 좋아하게 됐어요. 평범한 행동 하나하나에 의미부여를 하고 웃겨주고 싶어서 했던 말에 정말로 웃음을 지으면 행복하더라고요. 그래서 자꾸 어설픈 말장난도 하고 바보가 되는 것 같아요. 다른 사람 눈에는 이상해 보여도 당신만 행복하다면 나는 어떤 모습이든 좋아요.

좋아하는 노래를 함께 듣고 싶어서 서로의 플레이리스트를 공유했어요. 책을 읽다가 좋아하는 문장이 있으면 읽어봤으면 해서 사진을 찍어 보내주곤 했어요. 내가 좋아하는 노래와 문장을 당신도 알고 있었으면 했거든요. 같은 것을 좋아할 수 있다는 건 참 특별한 일이니까요. 길을 지나가다가 같이 들었던 노래가 흘러나온다면 자연스럽게 서로가 떠오를 테니까요. 그러다 보면 서로의 삶, 깊숙한 곳까지 스며들 것 같아요.

함께하는 날이 많아질수록 추억도 많아지겠죠? 그 중심에는 항상 당신이 머물러 있어요. 예쁜 카페나 바다가 있는 곳이면 메모장에 적어 놨다가 같이 가자고 말해주고 싶고 나만 아는 식당에 당신을 데려가서 가장 맛있는 한 끼를 먹여주고 싶어요. 술을 좋아한다면 작은 다락방 같은 곳에서 재즈를 틀어두고 시간이 지나가는 줄도 모르게 얘기하고 싶어요.

보고 싶다고 말하다 보면 더 보고 싶은 거 알죠. 지금 내 마음이 그래요. 얘기하다 보니까 보고 싶네요. 마음이 참 이상해요. 당신에게만 한없이 다정한 사람이 될 테니까 당신만 괜찮다면 내일은 우리 연인으로 만날까요?

그럴 수밖에 없었어

너는 내게 말했다.

어떻게 그리 나에 대해서 잘 아느냐고.

나는 얼굴을 몇 번 만지다가 이렇게 대답했다.

사실은 그렇게 어려운 게 아니라

누군가를 정말 사랑하다 보면

그 사람이 좋아하는 것을 자연스럽게 알게 되고

행동이나 말투, 습관 같은 걸 유심히 바라보게 되고

그러다 보니 깊은 곳까지 사랑하게 된 거라고.

나 자신보다 더 사랑하는 사람이 생기고
나보다 더 나를 잘 아는 사람이 생긴다고.
때로는 어색하지만 표현하는 법을 노력하게 되고
부끄럽지만 몇 번은 보고 싶어서 운 적도 있었지.

그리고 내가 이렇게까지 했던 이유는
그 누구보다 정말 많이 사랑해서 가능했다고
그렇기에 너를 잘 알 수밖에 없었다고.

유통기한

자취를 하다 보면 먹을 게 하나도 없어서 장을 보러 가야 할 때가 있다. 그럴 땐 자주 집 앞에 있는 동네 슈퍼를 찾아가곤 했었다. 그런데 음식이라는 게 참 그렇다. 한 사람을 위해 1인분만 판매하는 곳은 드물다. 항상 필요한 양보다 많이 사야 했고, 상하지 않길 바라며 유통기한이 가장 긴 상품을 사곤 했다. 장을 보고 집으로 돌아와 음식들을 냉장고에 정리하고 누웠다. 집 앞에 나가는 일조차 힘들고 지칠 때가 있다. 집에만 있어서 체력이 많이 안 좋아진 것 같기도 하고, 아니면 마음이 무거워서 그런 것 같기도 하다.

잠깐 잠에 들었나 보다. 잠에서 깨어나니 벌써 해가 지고 있었다. 아침 점심을 굶어서 저녁은 꼭 먹어야 했다. 혼자 살면 제일 귀찮은 것들은 생각보다 사소한 것들이다. 가족들과 살 때는 몰랐던 집안 일들. 어머니는 그런 것들을 한마디 없이 묵묵히 해주셨다. 자취를 하다 보면 부모님 생각이 자주 난다. 혼자 살다 보면 새삼 어릴 적에 몰랐던 것들과 가족의 소중함을 알게 되니까. 슈퍼에서 장을 봤던 음식들로 요리를 했다. 자취를 시작할 때 엄청 특별한 것도 해 먹고 맛있는 것만 먹어야겠다고 다짐하지만 그 마음은 얼마 가지 않는다. 오늘 내가 먹었던 것은 된장찌개, 계란말이 같은 평범한 음식들이었다.

며칠이 지났을까. 냉장고를 열어보니 음식 상한 냄새가 코끝을 찔렀다. 냉장고 아래 칸에 넣어둔 채소가 문제였다. 썩어 문드러진 양파, 싹을 터버린 감자, 물컹한 가지. 끔찍한 것들이 가득했다. 먹는 것보다 버리는 게 많다니. 이럴 거면 차라리 유통기한이라도 조금 길었으면 좋을 텐데.

모든 것에는 유통기한이 있다. 상해버린 음식들처럼, 어떠한 물건도 자주 쓰다 보면 상하기 마련이고 고장도 나기도 한다. 사람 마음도 같다고 생각했다. 오랫동안 같은 사람을 만나다 보면 편안함에 소중함을 잃어버리기도 하고 사랑하는 사람에게 표현이 무뎌져서 다투는 일도 있다. 그렇게 사람을 잃기도 하고 이별하기도 한다. 음식도, 물건도, 마음도, 사랑도 상해버린 모습을 보는 건 속상한 일이다. 시간이 지나면 어떠한 것들이라도 버리거나 놓아줘야 한다. 때로는 무엇 하나라도 영원한 것들이 있었으면 좋겠는데 슬프게도 영원한 것은 어디에서도 찾아볼 수 없는 거다.

지나간다

문득 마음처럼 되지 않는 날이 있다. 무엇이든 잘해보려고 했던 것, 어떤 곳에서도 행복하고 싶었던 건 나의 욕심이 아닐까 하는 생각이 들 때도 있다. 그럴 때면 괜히 울적하고 슬프다. 나뿐만 아니라 다른 사람들도 잘 살고 싶어서 사는 인생일 텐데. 자꾸 넘어지고 쓸리고 상처가 나야만 잘될 수 있다고 하니까. 경험이 중요한 건 알겠는데 아무 상처 없이 아프지 않고 잘 살면 안 되는 걸까. 그냥, 행복하게 잘 살고 싶은데 마음처럼 되는 게 하나도 없다.

그런 날이 있다고 해도 희망을 잃지 않았으면 좋겠다. 반드시 행복은 찾아올 테니까. 불행 속에서 단점만 찾다 보면 장점들은 어둠 속에 가려서 아무것도 보이지 않을 테니까. 혼자 있고 싶은 날은 혼자 있어도 괜찮다. 베개를 던지고 소리도 지르고 하다가 풀리면 더 좋고, 안 풀린다면 한숨 자고 일어나는 것도 괜찮다. 깨어 있으면 생각이라는 게 계속될 수밖에 없으니까. 힘든 일들이 조금 무뎌질 때쯤 행복은 우리를 자연스럽게 찾아올 것이다. 이렇게 행복하려고 내가 그동안 힘들었나 싶을 정도로 행복해질 거다.

그때 사랑해도 늦지 않으니까

누구도 감당해 주지 못한 트라우마에 갇힌 적이 있었다. 모든 게 싫었고 나에게 다가오는 것들이 두려웠었다. 그게 사람이든 사랑이든 말이다. 누구도 마음 편히 믿지 못하고 누구도 나를 좋아해 주지 못한다고 생각했다. 내가 가장 힘들고 지쳤을 때 듣고 싶었던 건 모든 게 전부 내 탓이 아니라는 말이었다. 그리고 지금 너는 그 누구보다 잘 견디며 살아내고 있다는 말. 그러니 무너져도 쓰러져도 괜찮다고, 너무 자신에게 가혹하지 않은 사람이 되었으면 좋겠다는 말이었다.

사람을 두려워한다는 것은 생각보다 큰일이다. 안 만나는 것과 못 만나는 것의 차이는 크기 때문이다. 사람이 두려워서 못 만나고 있는 기분은 마치 온기 하나 없는 세상에 버려진 기분과 다를 게 없을 것이다. 그럴 때 만약 남이 나에게 내가 듣고 싶은 말을 해주지 않는다면, 내가 스스로에게 그런 말을 해주는 건 어떨까. 나를 사랑하는 연습을 하는 거다. 튼튼한 마음을 가질 수 있도록. 처음에는 적응이 되지 않겠지만 금방 익숙해진다.

나를 사랑하는 법을 배우면 튼튼한 마음가짐을 가질 수 있다. 그 당시에도 전부 괜찮아지지는 않았지만 어느 정도는 괜찮아졌던 것 같다. 다른 사람에게 의지하고 기대는 방법도 삶에서 중요한 부분을 담당하지만 누가 뭐라고 해도 나를 가장 잘 알 수 있는 사람은 나밖에 없는 것 같다. 그래서 힘들고 지치는 날이면 조금 더 나를 사랑해 주고 보듬어 줬으면 한다.

힘들고 아플 때마다 사랑을 찾는 사람들이 있다. 사랑하면 의지하고 기댈 수 있지만, 사랑한다는 이유로 누군가에게 함부로 기대고 의지하다 보면 온전히 나를 사랑하는 법을 모르게 된다. 유독 힘들고 지치는 날에, 어쩌다 그 사람까지 없기라도 하면 이내 아무것도 하지 못하는 사람이 돼 버린다. 그런 사랑이라면 차라리 하지 않는 것이 좋다.

내가 나를 가장 잘 알아야 다른 사람도 사랑할 수 있고 보듬어 줄 수 있다. 마음이 온전하지 못하면 그 어느 것도 온전히 해낼 수 없다. 온전히 내가 나를 사랑할 수 있는 사람이 되고, 건강한 마음을 가지게 됐을 때, 그때 사랑을 해도 늦지 않는다. 사랑은 의무가 아니니 나라는 사람이 온전히 사랑할 수 있고, 다른 누군가의 마음을 보듬어 줄 수 있을 때 사랑했으면 좋겠다.

나를 사랑한 후에 다른 누군가를 사랑해도,
정말 늦지 않으니까.

나를 위한 시간

비가 오는 날 컴퓨터 앞에 앉아 멍하니 노래를 듣고 있었다. 그때 바탕화면의 휴지통이 눈에 들어왔다. 그 안에는 언제 지웠는지도 모르는 것들이 가득했다. 모든 파일을 삭제하고 노래를 듣고 있는데 날이 울적해서 그랬는지 노래가 적적해서 그랬는지 마음에 구멍이라도 난 듯 공허했다. 후회하지 않고 살자고 다짐했지만 이런 날이면 그동안 있었던 일이 주마등처럼 스쳐 지나간다. 더 잘하고 싶은 마음에 실수했던 것과 미련이 남은 것들이 방안을 가득 채우는 느낌이었다.

한참 가만히 있었다. 시간이 약이라는 말처럼 그럼 좀 괜찮아지지 않을까 해서. 자고 일어나면 괜찮아질까. 마음이라는 게 내가 정할 수 있는 걸 알면서도 정할 수 없게 되는 날이 있는 것 같다. 그날이 그런 날이었다.

다음 날 창문으로 들어오는 뜨거운 햇볕에 잠이 깼다. 가만히 누워있을 수 없을 정도로 날씨가 좋았다. 하늘에는 그림 같은 구름이 떠다니고 바람은 나뭇잎을 건드리고 있었다. 어제의 우울한 기분을 전환하고 싶었다. 오랜만에 기타를 꺼냈다. 코드도 몇 개 잡을 줄 모르면서 기타 치는 게 그렇게 좋다. 그날 하루는 기타도 치고 고양이랑 같이 낮잠도 자고 노래도 흥얼거리면서 하루를 가득 채웠다. 기분이 제법 괜찮았다.

분명 삶을 살아가다 보면 흔들리는 과정은 올 수밖에 없다. 그 속에서 각자 대처하는 방법이 다르고 무너지는 사람도 견디는 사람도 있을 것이다. 자신만의 방식으로 살아가겠지만 상처를 안 받는 사람은 없다고 생각한다. 다들 아프고 쓰라리겠지. 때로는 상처가 덧나지 않게 약도 발라주고, 나를 위한 시간을 가졌으면 좋겠다. 누군가 내 삶에 대해 조언을 해주고 위로를 건넬 수 있겠지만 정작 내 마음을 달래고 가장 잘 알 수 있는 사람은 나 자신이니까.

편견 없는 세상

3년 전 집에서 먼 곳으로 일을 하러 가야 해서 새벽에 기차를 타러 가던 길이었다. 버스를 기다리고 있었는데 환경미화원 옷을 입은 할아버지 한 분이 바로 옆에 도로 하수구에서 쓰레기를 줍고 계셨다. 사람들이 모두 자고 있는 이른 새벽이었다. 그러다 검은색 차 한 대가 눈앞으로 지나가 하수구 앞에서 브레이크를 밟더니 쓰레기를 줍고 계시는 환경미화원의 옆으로 편의점 플라스틱 커피 통을 집어 던지는 거다. 처음에는 이게 무슨 행동인가 싶었는데, 아무리 생각해도 사람으로서 할 도리가 아니라는 생각이 들었다.

그분은 청소를 마치셨는지 잠시 숨을 돌리기 위해 버스 정류장에 앉으셨다. 아까 있었던 일에 대해서 조금은 조심스레 말을 꺼냈다.

"요즘도 저렇게 윤리의식 없는 사람들이 있네요. 힘드시겠어요."

그러자 그분은 '이 직업이 원래 이래요. 편견도 많고 어쩔 수 없죠, 괜찮습니다. 고맙습니다.'라고 하시면서 자리를 박차고 가셨다. 내가 괜한 말을 한 것 같아서 버스를 기다리는 내내 마음이 불편했다. 차라리 아무 말도 하지 않았으면 조금 더 편히 쉬셨을 텐데.

버스를 타고 돌아가는 역으로 가는 중에 창밖을 바라보니 어느새 날은 밝아져 있었고, 거리에는 다양한 사람들이 하나둘씩 보이기 시작했다. 정장을 입고 가방을 든 사람, 모자를 쓰고 이어폰을 끼고 있는 사람, 요구르트를 파는 사람 등등 다양한 사람들이 있었다. 저기 저 사람들 중에서도 아까 쓰레기를 던지던 사람처럼 그런 사람이 또 있을까. 다들 그런 건 아니겠지 그 사람만 그런 거겠지 자꾸 신경이 쓰이며 마음이 복잡해졌다.

역으로 도착해서 기차를 타려고 하니 아까와 비슷한 환경미화원 복을 입은 사람들이 역 입구에서 커다란 쓰레기봉투를 치우고 계셨다. 그 모습을 보며 역으로 들어가려 하는 한 아주머니가 아이의 손을 잡아끄는 것이 보였다. 마치 가까이 가면 안 되는 대상이라도 봤다는 듯한 움직임이었다. 아이를 키우는 방식은 다르지만 적어도 이와 같이 행동한다면 아이가 커서 환경미화원분들을 안 좋은 시선으로 바라보지 않을까 생각을 했다. 내가 잘못한 것도 아닌데 괜히 내가 잘못한 사람처럼 역 안으로 뛰어 들어왔다.

세상에는 아직도 참 편견이 많다. 편견 없는 세상에 살면 얼마나 좋을까. 단지 새벽부터 열심히 일하는 사람에게 쓰레기를 던지고, 고된 일을 하는 이들을 알게 모르게 무시하고 피하는 사람들. 정말 아무리 좋게 봐줄 수가 없다. 언행에는 그 사람이 어떤 사람인지 느낄 수가 있다. 남을 함부로 대하고 막말하는 사람들은 유치원 아이들도 그건 좋은 사람이 아니라는 것은 알 것이다. 남한테 잘하지 못해도 못하지는 말자. 다른 사람도 누군가에게 소중하고 사랑하는 사람이다.

다들 그렇게 살아가는 거겠지

삶에 있어 휴식공간만큼 중요한 건 없다.
숨 돌릴 틈이 하나라도 있다면
불안하던 마음도 진정되고
힘들었던 몸도 편안해지곤 하니까.
몸도 마음도 어떤 날에는 쉬어가야
다음에 지치지 않을 수 있으니까.

각자의 쉬는 방법이 있겠지.

예를 들자면 바다를 보러 간다거나

하루 종일 잠을 잔다거나

드라마를 보며 맥주를 마신다거나

무엇이든 좋으니

나만의 휴식 공간을 만들었으면 좋겠다.

의지할 곳이 하나라도 존재한다면

온기 하나 없던 세상도 버틸 수 있을 거고

서러웠던 마음과 고단했던 몸도

조금은 진정될 테니까.

사랑한다면 알아야 할 것들

사랑하면 그 사람이 과거에 만났던 사람에 대해서도 궁금해하는 사람이 많다. 분명 감당하지 못할 걸 알면서도 과거를 궁금해하는 건 어떻게 보면 그저 욕심이 아닐까 생각한다. 지금 사랑하는 사람의 모습을 사랑해 주면 되는 건데 과거의 모습들이 뭐가 중요할까. 그래, 과거에 다른 사람을 사랑했고 또 노력했겠지. 사랑하면서 아무것도 안 하고 사랑을 받는 사람은 없으니까. 각자의 방법으로 사랑했을 것이다.

사랑하는 사람이 과거에 어떤 사람이었는지, 어떤 상처가 있었고, 어떤 사람을 만났는지 물어보고 싶지 않다. 분명 감당하지 못할 것이라는 것도 알고 괜히 물어봤다가 좋은 관계가 틀어질 것 같으니까. 다른 사람 때문에 우리 사이가 틀어지고 싶지 않았다. 그리고 내가 기댈 수 있을 만큼 든든한 존재가 된다면 자연스럽게 말해줄 거라고 믿었다. 오히려 얼른 그런 사람이 되어야겠다고 생각했다.

연인 사이에 가장 중요한 건 믿음이다. 처음은 다들 관심으로 시작할 것이다. 무엇을 좋아하고 무엇을 싫어하는지, 하지만 전에 만난 사람을 신경 쓰고 간섭하다 보면 집착이 된다. 결국 사랑은 조금씩 망가지기 시작한다. 집착하는 사람도 자신이 집착하는 것을 알지만 사랑한다는 이유 하나만으로 괜찮다고 생각할 테니까. 사랑해서 집착한다는 말이 틀린 말은 아니지만 그래도 각자 삶의 영역이라는 것이 있다. 이해하고 배려해 주는 게 사랑 아닐까.

그러니 지금 사랑하는 사람을 한번 믿어보는 건 어떨까. 이별한 적 없는 사람은 없을 것이다. 분명 다 상처가 있고 아픈데도 다시 사랑을 시작했을 거다. 이제 행복하고 싶어서, 사랑한다는 말 한마디에 밤잠을 뒤척이고 설레고 싶어서, 그 감정을 영원히 함께할 사람을 찾고 싶어서. 그래서 사랑을 찾고 사랑을 하는 것이다. 사랑한다는 이유 하나만으로 이해하고 배려하고 따뜻한 그런 사람이 되어 주려고 노력해야 한다.

사당행

어느 날 지하철을 타고 어딘가로 가고 있었는데
사당행이라는 표지판의 글자가 눈에 들어왔어.
왠지 사당행 글자가 사랑해라는 글자로 보였거든.

그때 문득 네 생각이 났어.
그리고 자연스럽게 차마 말하지 못했던
마음들이 떠오르더라.

당신을 그 누구보다 좋아하는데
서운한 것을 말하면 속상해할까 봐 삼켰어.
어른 같은 모습을 보여주고 싶어서 참은 적도 있지.
그러다 보니 답답해서 뭐라도 말하고 싶었나 봐.

어린아이처럼 투정도 부리고 싶었는데
그럼 지쳐버릴 것 같아서, 그게 걱정이었어.

한 번은 다정한 모습에 종일 설레고 행복해서
속상한 마음을 잊어버린 적도 있었지.
사소한 한 마디도 귀담아 들어주고
별것 아닌 얘기들도 별것인 것처럼
기억해주고 싶어.

사랑하고 싶은데 이별이 무서울 때가 있잖아.
그렇다고 사랑하지 않으면 후회할 것 같아.
곁이 아니라 옆에서 오래 머물고 싶은데
어떻게 해야 하는 걸까.
마음이 이상해. 이런 내 마음은
너만 해결해줄 수 있을 것 같은데
내 마음을 알고 있을까?
조금만 알아준다면 사랑한다고 말할 것 같은데.

어쩔 수 없는 마음

사랑에 빠지면 상대방이 나만 좋아하길 바라게 돼.

어떤 시간이든 함께 보냈으면 좋겠고

하루 종일 붙어 있으면 좋겠다는 생각을 했어.

하지만 서로의 삶이 있고

서로 해야 할 일이 있다는 것도 알고 있어.

머리로는 이해를 하겠는데

마음은 자꾸 보고 싶으니까

주체할 수가 없게 되는 거야.

당신과 같이 하고 싶은 것도 많고
애틋한 추억들도 만들고 싶고
우리만 아는 예쁜 단어들도 만들고 싶으니까.

자꾸 보고 싶고 사랑한다고 표현하고 싶은 걸 보니까
아무래도 너에게 빠졌나 봐.

성장

조능학생 시절 받아쓰기를 잘 못했었다. 또래 친구들보다 많이 틀렸다. 어린 나이에 오기가 생겨서 학습지를 달고 살았다. 시험을 잘 봤다고 생각한 날이었는데 100점을 못 맞아서 서러울 때도 있었다. 그럴 때마다 시무룩했다. 옆에서 지켜보시던 선생님은 때로는 100점을 못 맞을 수도 있다는 생각을 미리 가지라고 말씀하셨다. 정말 100점을 맞지 못했을 때 마음이 미리 준비되어 있어서 신경도 덜 쓰이고, 100점을 맞았을 때는 생각지도 못한 행복들이 밀려온다고 하셨다. 그 당시 선생님의 말씀을 제대로 이해하지 못했지만, 선생님의 말씀에 고개를 끄덕였다. 내게 선생님은 적어도 그 누구보다 어른 같은 분이셨다.

이사를 오기 전 집 정리를 하면서 초등학생 시절 받아쓰기 공책을 발견했다. 문득 그때 선생님의 말씀이 생각났다. 성인이 된 지금은 하고자 하는 일이 있을 때 고민거리가 생기면 안 돼도 괜찮다는 말을 한다. 정말 안되면 다음에 또 도전하면 되고, 만약 잘 되었을 때는 내가 노력한 것보다 더 큰 보상을 받을 수 있다. 때로는 안 될 거라는 말은 마음을 달래주기도 한다. 실패했을 땐 다시 도전하면 되고 한 번에 이뤄냈다면 기뻐하면 되니까.

정류장

학창 시절 내가 살던 곳은 버스가 몇 없는 동네였다. 버스를 타기 위해서는 한참을 걸어가야 했고 겨우 도착해도 버스 안에 수 많은 사람과 살을 맞닿으며 타야 했다. 그렇게 학교를 다녔다. 집으로 돌아오는 길도 같았다. 내가 살던 곳은 아파트가 많은 단지였지만 버스 정류장은 몇 없었기 때문에 정류장에는 늘 사람들이 가득했다.

한번 버스를 놓치면 3, 40분은 기다려야 했다. 나는 그곳이 싫었다. 도시에 살면 이런 걱정도 없을 거라는 어린 마음을 가지고 있었다. 그때는 차마 알지 못했었다. 평일이든 주말이든 조용하고 평화롭던 아파트가 언젠가 그리운 공간이 될 수도 있다는 것을. 집 밖을 나가면 놀이터에서 놀던 아이들이 흙투성이가 돼서 계단을 올라오는 귀여운 모습을 도시로 가면 볼 수 없다는 것을 말이다.

시간이 지나 복잡하고 시끄러운 도시로 이사를 하게 되었다. 처음에는 모든 것이 좋았다. 자동차가 지나가는 소리, 집 앞 가까운 정류장, 몇 발자국 나가면 보이는 도시까지 모든 게 완벽했다. 하지만 내가 바라던 도시의 삶에서도 고충이 하나 둘 생겨났다. 집 앞 가까운 도로들 때문에 밤잠을 설치기도 하고 술에 취해 소리를 지르는 사람도 있었다. 그럴 때면 평온한 그때가 그리웠다. 다시 돌아갈 수 있을까.

잠시 일을 내려두고 과거에 내가 살던 동네로 떠났다. 몇 시간이 걸리든 버스를 타고 가고 싶었다. 도착한 곳은 내가 살던 때와 다르게 많은 것이 변해 있었다. 아이들이 웃고 떠들며 놀던 놀이터의 흙은 전부 사라지고 스펀지의 바닥이 되어 있었고 친구와 나란히 앉아서 게임을 하던 문방구는 사라지고 없었다. 그래도 변하지 않은 게 하나 있었다. 왼쪽 벽은 살짝 부서져 있고 정류장이라고 적힌 곳은 글자가 다 지워져서 '정르징'이라고 적힌 정류장이었다. 낡은 정류장. 나도 모르게 울컥했다. 내가 살 때도 그랬었는데. 세상은 변했지만 이곳 하나만큼은 변하지 않은 것 같아서.

옛날 생각이 나서 한참을 앉아 있었다. 얼마나 지났을까 학창 시절 내가 자주 타던 버스가 도착했다. 버스는 아직도 많은 손님들을 태우고 있었다. 학생들은 옛날처럼 서로의 살을 맞대며 버스를 타고 있었다. 이곳만은 여전하구나.

시간이 지나면 문득 옛날의 것들이 그리워지곤 한다. 그러고 보면 지나간 순간은 늘 행복했고 아름답게 기억되어 왔던 것 같다. 행복은 먼 곳이 아니라 가까운 곳에 있었다. 내가 찾으려 하지 않아도 곁에 머물러 있었던 거다.

노력

군대를 전역하고 가장 먼저 나를 괴롭혔던 것은 바로 돈이었다. 입대 전부터 용돈을 받지 않겠다고 선언했다. 그 이후부터는 쉬지 않고 일을 했었는데 모아둔 돈으로 버티는 것에는 한계가 있었다. 그렇게 아르바이트 자리를 알아보다가 월급으로 받는 일을 하기에는 지금 당장 버틸 돈이 없어서 일용직 일을 시작했다. 흔히들 막노동이라고 말하는 일이었다. 어느 곳에서는 건설 현장에서 청소도 하고 시멘트도 나르기도 하고, 어느 곳에서는 대학교 기숙사에 있는 책상이나 침대를 조립하기도 했다.

일용직의 가장 큰 매력은 당일에 지급해 주는 일급과 생활 패턴이이 건강해지는 데에 있었다. 이른 아침에 일하기 시작해서 오후에 일을 마치면 내가 고생한 만큼의 돈을 지급받는다. 덕분에 오후에는 내가 부족한 것들을 이뤄낼 수 있고, 친구들을 만나 놀 수도 있다. 하지만 돈을 많이 받는 만큼 몸이 고되고 피로감이 자꾸 쌓이는 건 사실이다. 그래서 일을 하던 도중에 도망가는 사람도 있고, 숨어 있다가 퇴근 시간에 나타나는 사람도 있었다. 그런 사람들 중에 섞여 있어도 적어도 나는 일을 하던 도중 아프고 힘들어도 도망가거나 숨겠다는 생각은 하지 않았다. 돈을 벌어본 사람은 알 거다. 남의 돈을 받아내는 것이 얼마나 어려운 일인지. 그리고 최선을 다해서 일하고 싹싹하게 대답하다 보면 원래 받는 돈에 1~2만 원 정도 더 올려서 받을 때도 있다. 돈을 더 받기 위해서 열심히 한 건 아니지만 이렇게 추가 지급을 받는 날에는 민폐를 끼치지 않고 잘한 것 같아서 뿌듯하기도 했다.

그렇게 지내다 보면 알게 된다. 삶에서 일은 떼어내고 싶어도 뗄 수 없는 것 중에 하나라는 것을. 가끔은 일하지 않고 돈 벌고 싶다는 헛된 꿈을 꾸기도 하지만, 얼마 안 가서 또 일자리를 찾고 있는 나를 보고 그런 생각을 접어두기도 한다. 돈이 세상의 전부는 아니겠지만 돈이 없다면 할 수 있는 것도 제한되니까. 당연한 말이겠지만 돈이 없다면 일은 계속해야 한다.

학생 때부터 일하며 내가 느꼈던 게 하나 더 있다. 내가 어느 곳을 가든지 내가 위치한 곳에서 최선을 다해야 한다는 것이다. 회사도 아르바이트도 공부도 운동도 말이다.

내가 할 수 있는 것들을 더 잘할 수 있게 만드는 것. 그것은 단순히 재능이 좋다고 해서 되는 것이 아니다. 남들이 자는 시간에 잠을 줄여가며 공부하고, 아침에 조금 더 일찍 일어나서 운동하고, 내가 맡은 일에 대해서 책임감을 가지고 해내는 것. 어느 곳에서 무슨 일을 하든 노력과 정성은 필요하다. 똑똑한 머리를 가지고 싶다면, 건강한 몸을 가지고 싶다면, 많은 돈을 벌고 싶다면 그만큼 노력하고 최선을 다했으면 한다. 그렇게 열심히 살면서 자신의 기준에서 나름대로 성공하게 된다면 당당히 말했으면 좋겠다. 내가 가진 것들에 대해 자만하고 경솔하라는 말이 아니다. 나의 노력이 헛되지 않았다고, 잘 참아내고 잘 살아냈다고. 나에게 고생했다고 잘 해내었다고. 그 한마디면 충분하다.

지금 이 순간에도 공부하는 사람들이 있고 운동하는 사람들, 일하는 사람들이 있다. 보이지 않는 곳에서도 포기하지 않고 열심히 하는 사람들. 최선을 다해 노력하고 살아가는 그런 사람들이 시간이 지나 도착한 곳에는 배신이 아니라 성공이 있었으면. 그토록 바라고 원하는 삶을 살았으면 좋겠다.

삶에서 가장 큰 행복

내게 무슨 일이 있어도 묵묵히 곁을 지켜주는 친구가 한 명 있다. 아무 일 없어도 편하게 만날 수 있고 갑자기 낚시를 가자는 말에도 나와 주는 친구나. 음악을 좋아해서 집에서 혼사 음악을 만들기도 하고, 그런 취미를 같이 나누고 싶어서 몇 달 전에 기타를 사서 함께 배우기도 했다. 종종 같이 먼 곳으로 여행을 떠나기도 하고 미래를 얘기하기도 한다. 한땐 어른이 되면 우리도 뭔가를 하고 있겠지라는 실없는 말들도 주고받았던 것 같은데, 다 크고 나서 보니 같이 술이나 마시며

한 명은 일이 없다는 말, 한 명은 대학교 과제가 많다는 말만 하게 될 줄 몰랐다.

바다를 갔던 어느 날엔 철없이 낚시 유튜브를 하자는 말을 건네기도 했다. 친구는 같이 하자고, 재밌겠다고 했지만, 결국 둘 다 아무것도 하지 않았다. 그냥 같이 있으면 마음이 편해져서 서로 아무 말이나 하는 것 같았다. 그날, 그렇게 집으로 돌아가는 길에 창문에 기대 밖을 바라보는데 문득 참 신기했다. 어른이 되면 무엇이라도 될 것처럼 말했는데 아무것도 되지 않았다니, 성인은 특별할 줄 알았는데 이토록 특별한 게 없다니. 그런 와중에도 우리는 여전히 어린아이 같았다. 몇 년이 지나도 같이 노는 것이 재밌고 행복하다. 때로는 이 친구가 아니면 또 누구랑 이렇게 지낼 수 있을까 싶다.

예전에 한번 힘든 시기가 찾아온 적이 있었다. 아무도 보고 싶지 않았고 무엇으로도 위로되지 않을 만큼 힘들었다. 성격상 주변 사람들에게 힘들다고 말하지도 않고 무작정 사라졌다. 그렇게 며칠을 방안에 박혀서 혼자 울었던 것 같다. 그러다 이 친구에게 연락이 왔다. 잘 지내냐고 할 거 없으면 집에 치킨을 사 들고 가도 되냐고. 나쁜 뜻은 아니지만, 전엔 그다지 넉살맞은 친구는 아니었는데, 그때만큼은 그 친구가 참 넉살맞게 느껴졌다. 그리고 나 역시 친구의 그 말이 달갑고 좋았다. 알겠다고 대답했고 친구는 치킨을 사서 내가 살던 집으로 왔다. 그렇게 한참을 웃고 떠들었다. 그러다 보니 우울했던 마음들은 다 사라지고 소소한 행복감만이 남아 있었다.

그러고 보니 오래 알고 지냈다는 이유로 친구에게 고맙다는 말, 미안하다는 말, 그 밖의 사소한 표현들을 잘 안 했던 것 같다. 가까운 사이일수록 이런 말을 하기가 힘들다. 뭔가 어색해지는 기분이랄까. 아무튼 나중에 고맙다는 말을 전할 수 있는 순간이 생긴다면 어색할지 몰라도 진심을 다해 고맙다고 한번 말해야겠다. 정말 고마운 것들이 많으니까.

한 번이라도 아파하고 힘들어 본 사람들은 안다. 마음을 꾸밀 필요 없이 만날 수 있는 사람이 있다는 것, 아무 이유 없이 내 편이 되어주는 사람이 있다는 것만큼 커다란 행복감을 주는 일은 없다는 걸.

도전

어른이 될수록 무언가에 도전하는 것이
더 어려워진다.
어릴 땐 자전거를 타다가 넘어져도
다시 일어나서 잘 타고는 하지만
어른이 되고 나서는 넘어지는 것이 두려워
자전거 타는 걸 쉽게 시작하지 못한다.

하고 싶은 일이 생겨도
걱정이 앞서 시작하지 못 하는 일도 있었고
어렵게 도전했지만 실패했던 기억 때문에
결과가 나오기 전에 그만둔 적도 많았다.

하지만 무엇이든 도전하고
경험해보는 것만큼 중요한 건 없다.

넘어지고 무너지는 날이 있어도
포기하지 않으면
결국 좋은 결과를 얻어낸다.
그리고 힘들었던 시간만큼
보상은 더욱 달콤하게 느껴졌다.

도전이라는 건 어쩌면
사람들이 가장 두려워하는 것 중에
하나일지도 모른다.
그렇게 어려운 것 앞에서 포기하지 않고
꾸준히 노력한다면
그동안 느끼지 못했던 가장 큰 행복을
느낄 수 있을 것이다.

많은 사람들이 어려워하는 것을
내가 해낸 거니까.

극복

하던 일이 잘 안 돼서 상황만 탓했던 때가 있었다. 쉬고 싶은데 제대로 쉴 공간이 없어서, 무엇을 하려고 하니 주변이 시끄러워서, 집중할 수 있는 조건이 되지 않아서. 그래서 안 되는 거라고 생각했었다. 현재 처한 상황이 좋지 않다고 해서 할 수 없을 거라고 단정 지었다. 조건이 되어야 이뤄낼 수 있고 성공할 수 있을 줄 알았다. 하지만 그건 약해빠진 소리일 뿐이었다. 그때의 나는 어떠한 상황에서도 극복할 수 있는 마음을 가지지 못했고, 내가 나약해지면 주변을 탓하게 된다는 것을 스스로 알지 못했던 거다.

과거에는 부끄럽게도 귀가 얇아서 사람들의 말을 필요 이상으로 잘 믿었었다. 남들이 이런 직업이 별로라고 말하면 관심조차 가지지 않았고, 내가 하던 일을 보고도 별로라고 말하면 다른 일이 괜찮은지를 알아봤다. 무엇을 하더라도 쉽게 흔들렸다. 내면을 흔들리지 않도록 단단하게 붙잡고 포기하지 않는 방법을 배워야 했는데, 그때의 나는 마치 부실공사를 한 아파트와 같은 사람이었다. 언제라도 태풍 같은 다른 사람들의 한마디에 와르르 무너질 것만 같은 사람 말이다. 그렇게 한참을 휘청거리고 나서야 알게 되었다. 더는 이렇게 살면 무엇도 이루지 못한 사람으로 남으리라는 것을.

외부의 충격에도 쉽게 흔들리지 않도록 내면이 단단한 사람이 되기 위해서 많은 노력을 했다. 다른 사람들의 말에 휘둘리지 않으려 노력하고, 내가 하고자 하는 일을 포기하지 않으려고 했다. 최선을 다해 무엇인가를 이뤄낸 뒤에야 나는 조금 더 나다운 사람이 되었다. 내가 하고 싶은 일을, 정말로 나를 행복하게 해주는 일들을 찾을 수 있었다. 어렵게만 생각했던 '나답게 사는 일'은 사실 그리 어려운 것이 아니었다. 내가 바라고 좋아하는 일을 하는 것, 내가 무엇을 좋아하고 싫어하는지, 내가 어떤 사람인지를 알아가는 것이었다.

살다보면 외부 충격에 마음이 약해지는 순간들이 찾아온다. 그럴 때면 약한 소리를 하며 무너지고 포기하는 것보다는 지금의 상황을 극복할 수 있도록 더 단단한 마음을 가지려 애썼으면 한다. 환경이 좋지 못해서, 그럴만한 여건이 되지 않아서, 내가 할 수 없는 일 같아서. 그런 소리를 하며 쉽게 포기하지 않기를, 좋은 기회를 놓치지 않기를. 좋은 기회가 왔을 때 기회를 잡는 것도 실력이니까. 그러니 그 어떠한 상황에도 탓하지 말자. 모두 극복할 수 있는 것들이니까.

오해

아무리 가까운 사이라고 해도 상처를 줘도 되는 사람은 없고, 좋은 사람이라고 해서 나에게 함부로 대해도 되는 건 아니에요. 힘들 때만 찾아와서 힘든 말을 털어놓고 도망가는 사람이나, 본인이 하고 싶은 말만 하는 사람들은 멀리해도 괜찮아요. 인간관계가 문제라면 혼자 지내보세요. 그러다 마음의 벽이 허물어져 간다면 이제 사람도 만나고, 사랑도 하면 되니까요. 당신은 누군가의 감정 쓰레기통 같은 사람이 아닙니다. 소중하고 특별해야 합니다. 좋은 사람이니까요.

받아본 사람

누군가를 위로할 수 있는 사람은
상처를 한 번쯤 받아본 사람입니다.

누군가를 사랑할 수 있는 사람은
사랑을 한 번쯤 받아본 사람입니다.

당신이 누군가를 사랑할 수 있고
위로를 건넬 수 있는 이유는

당신도 누군가에게 사랑받고
위로받아본 사람이기 때문입니다.

때때로 세상에는 내 편이 하나도 없는 것 같지만
한 발자국 뒤로 물러서서 세상을 바라본다면
주변에는 따뜻한 사람들이 많습니다.

평범하게 오고 가는 안부 연락 하나가
특별한 날이 아님에도 오는 전화 하나가
별것 아닌 것 같지만 보이지 않는 곳에서
당신을 응원하고 믿으며 사랑하는 사람들의
조각들인 것입니다.

사랑은

한 때는 혼자서도 무엇이든 잘하는 사람이 되고 싶었다. 꼭 사랑을 하지 않아도 행복하게 잘 살고 싶었다. 그렇게 마음먹었던 이유는 하나였다. 누군가를 사랑하게 되면 항상 언젠가 찾아올 이별이 두려웠다. 아무리 좋은 관계를 유지한다고 해도 언젠가는 끝이 나기 마련이니까. 사랑해서 좋은 것도 물론 많지만 그보다 한 번의 이별이 더 무서웠다.

혼자 지내야겠다고 다짐한 후에 한동안은 정말로 혼자 지냈던 것 같다. 누군가를 만나지 않고 오로지 나 자신을 위한 시간을 보냈다. 사람이 참 이상한 게 그러다 보면 또 문득 다른 사람의 온기가 그리워진다. 하지만 여전히 나는 이별이 두려웠다. 만약 다음 사랑이 있다면 이별의 아픔조차 생각나지 않게 사랑을 하고 싶었다. 그런 사람이 존재할지는 몰라도 그 당시 마음은 그랬다.

그러다 정말 우연히 너라는 사람을 만났다. 지인의 지인으로. 처음에는 좋은 사람인 것 같아서 그저 친구로 지내고 싶었는데 알면 알수록 더 알고 싶었다. 웃는 모습이 예쁘고 다정하고 같이 있다 보면 행복해지는 사람이었다. 아주 사소하지만 조금씩 내 마음을 표현했다. 달이 예쁘다고 사진을 찍어 보내거나 날이 좋다며 같이 걷자고 했다. 어느 날은 보고 싶은데 적당한 핑계가 없어서 이불을 발로 차며 스스로를 한심하게 느꼈던 적도 있었다.

물건을 사러 잠시 외출을 했다가 또 네가 생각났다. 이 근처에서 일한다고 했던 것 같은데. 너는 어디에 있을까, 그런 생각을 안고 집으로 돌아가려고 하는데 버스 정류장에 네가 있었다. 인사를 건네고 싶은데 적당한 말을 고르지 못해서 못 본 척을 했다. 참 못났다. 다행히도 네가 먼저 인사를 건넸다. 이 근처에 사는지 물어보는 너에게 그렇다고 대답했다. 너는 내가 사는 곳과 두 정거장 떨어진 곳에 살고 있었다.

버스를 타고 가는 길, 생각보다 밤이 깊어져 있었다. 오지랖인 걸 알면서도 집에 혼자 가야 하는 네가 걱정됐다. 그래서 거짓말을 했다. 아는 친구가 그 동네에 산다며 같이 가자고. 다행히 네 표정이 나쁘지 않았다. 몇 마디 대화를 나누지 못한 채 걸었지만 그것만으로도 행복했다. 집 앞까지 너를 데려다 주고 다시 집으로 돌아가는 길에 휴대폰이 울렸다. 네 연락이었다.

"늦었는데 데려다 줘서 고마워."

그 메시지 하나에 온 동네를 뛰어다니며
행복해했다.

우리는 그날 이후로 자주 만나게 됐다. 가깝게 산다는 이유였다. 그리고 얼마 지나지 않아서 우린 연인이 됐다. 사랑하는 사람이 생기니 이별 따위는 생각조차 하지 않게 되고 삶이 행복과 설렘으로 가득 찼다. 사랑한다는 한마디가 이렇게 다정한 말이었나. 보고 싶다는 한마디가 이렇게 마음을 녹이는 말이었나. 예쁜 말을 선물해 주고 싶은데 표현이 서툰 나는 달이 예쁘게 뜨는 날이면 사진을 보냈다. 너는 예쁘다며 좋아했고 나는 네가 좋아하니까 좋다고 말했다.

사랑하는 사람이 생기고 나자 생각이 많이 변했다. 사랑은 이렇게 좋은 건데 그동안 왜 하지 않았을까? 이별이 두려워서 사랑을 하지 않고 있다는 말은 사랑하는 사람이 오래 곁에 머물렀으면 하는 마음에 그런 마음이 생긴 게 아닐까 하는 생각이 든다. 사랑을 해보니 이제야 그런 불안을 없애는 방법을 알 거 같다. 사랑에 흠뻑 빠지는 것이다. 그런 문제는 나중에 생각해도 괜찮다. 사랑은 알면 알수록 더 좋은 감정이니까.

사랑

하루 종일 설레어 하고 웃게 되는 것.
꽃집 앞에서 어떤 꽃이 잘 어울릴까
한참을 서성거리며 두리번거리는 것.
맛있는 음식점을 알게 된다면 다음에 같이
가자고 말하는 것.
좋아하는 분위기의 거리를 찾게 되면
데려가고 싶어지는 건
좋아하는 사람한테만 가능한 것들이잖아.
그리고 어떤 것이든 너와 함께할 생각부터
하고 있잖아.

그게 좋더라고.
누가 봐도 사랑이잖아.

마음

빈 상자에 예쁜 말과 예쁜 마음을 담아서 선물해 주고 싶은 사람이 있다. 같이 길을 걸으면 느린 발걸음마저도 맞춰서 걷고 싶고 맛있는 음식을 먼저 먹여주고 싶다. 카페에 앉아서는 사소한 얘기들도 놓치지 않고 귀담아 들어주고 싶고. 공포 영화를 보게 된다면 무서운 장면이 나올 때마다 숨을 수 있도록 어깨를 내어주고 싶다. 어두워진 밤에 집 앞까지 바래다주고 도착한 집 앞에서 따뜻하게 안아주고 인사를 건네고 싶다. 특별한 날이 아님에도 특별한 선물을 해주고 싶고 표현이 서툴지만 노력하고 싶다. 그렇게 가장 예쁜 마음을 예쁘게 담아서 당신을 사랑해 주고 싶다.

사계절을 함께하고 싶어

봄이 찾아오면 같이 벚꽃을 보러 가고 싶다. 예쁘게 입고 예쁜 곳에 가서 사진도 찍고 같이 꽃길을 걷고 싶다. 그러다 떨어지는 벚꽃을 잡으면 사랑이 이뤄진다는 말이 떠올라 한참을 허공에다 손을 허우적거리다가 옆을 보고 싶다. 네가 내 옆에 있는데 벚꽃이 무슨 의미가 있을까 싶어 허우적거리던 손으로 너의 손을 잡고 싶다. 그렇게 봄을 함께 보내고 싶다.

여름이 찾아오면 같이 바다에 가는 건 어떨까. 모래사장에 우리의 이름을 적어도 보고 파도 소리를 함께 듣다가 같이 손 잡고 바다에 뛰어 들어가고 싶다. 배가 고파지면 맛있는 음식을 먹고 조금 서늘해진 밤에는 바다 주변을 걷다가 밤바다 냄새를 맡고 싶다.

가을이 찾아오면 같이 여행을 가고 싶다. 언어가 하나도 안 통하는 곳도 너와 함께라면 좋을 것 같다. 짐은 최대한 가볍게 챙기자, 짐이 많으면 신경 쓸 것도 많아지니까. 그곳에서는 행복이랑 추억을 간직하는 것에만 신경 쓰자. 그렇게 한참

걷고 떠돌고 기록하고 숙소로 돌아와서는 가볍게 맥주 한 캔을 마시면서 그날 있었던 일을 얘기하며 웃고 떠들자. 밤이 더 깊어지면 서로를 끌어안고, 내일은 더 좋은 곳으로 놀러 가자고 말하자. 서로의 냄새가 섞여 하나가 되어도 좋겠다. 그렇게 가을을 함께 보내고 싶다.

겨울이 찾아오면 눈이 가득 쌓이는 곳으로 가고 싶다. 조용한 방 안에서 따뜻한 것들을 마시다가 눈사람을 만들자는 네 말에 웃으며 '그래'라고 대답하고 싶다. 손이 시릴 땐 서로의 손을 비비고 조금씩 따뜻해지는 것 같다며 바보 같은 웃음을 짓고 싶다. 그렇게 너와 사소한 것에 행복을 느끼고 싶다. 눈사람과 함께 사진도 찍고, 방으로 돌아와서 따뜻한 전기장판 위에서 귤을 까서 너의 입에 넣어주고 같이 텔레비전을 보며 겨울을 함께 보내고 싶다.

그렇게 사계절에 우리의 기억들을 가득 남기고, 다음에 찾아오는 사계절에도 변함없이 사랑하고 싶다.

결혼

처음 봤을 때 서로의 끌림이 좋았다.
서로를 끌어안을 때 느껴진 온기가 따뜻했고
아무 이유 없이 바라보다가
좋아 죽을 듯이 미소를 지었지.

사랑하는 마음을 전해주고
사랑한다는 마음을 받고
그렇게 사랑을 느끼고
서로의 삶에서 없어선 안 될 사람이 되어갔지.

우리라는 하나의 우주를 만들고
나보다 나를 더 잘 아는 사람과 함께
미래를 가득 채워가는 것.
조금씩 내일을 꿈꾸기도 할 거야.

가진 것 하나 없어도
아무 이유 없어도
그저 서로가 곁에 있다는 이유로
믿어주며 사랑하는 것.

평생 사랑한다고 약속하고
평생 사랑하며 함께 울고 웃는 것.
당신과 하고 싶은 것.

궁금한 것

하고 싶은 일을 하고 있나요.
좋아하는 것을 알고 있나요.
싫어하는 것은 무엇인가요.
위로는 어떤 곳에서 받으시나요.

그 무엇보다 궁금한 것 한 가지가 있어요.
당신은 지금 행복한가요?

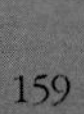

잘했어

열심히 살다 보면
정작 내 마음이 어떤지 모를 때가 있어요.
그럴 때마다 한 번씩 확인해야 해요.

현재 내 마음은 어떤 상태인 건지.
모든 것에 완벽하고자 하는 마음에
자책하고 원망하고 있는 건 아닌지
행복하진 않을지라도 아프지는 않게 살아가고 있는지
지키고 싶었던 나와의 약속들은 잘 지켜가고 있는지

나의 자존감은 어떤 상태인지
부정적인 방향을 향하고 있다면 문제가 어디에 있는지
내가 나라는 사람을 과소평가하고 있는 건 아닌지

그렇게 하나씩 뒤를 돌아보니까
그토록 바라던 성공보다는 실패가 많아서
아무것도 이뤄낸 것도 없고 자존감도 낮아져서
내가 못나 보이는 건 아닌지

하나씩 돌아보니 어떤가요?
쉬운 것이 하나도 없다는 생각이 들지 않나요?

지금처럼 앞으로의 삶도 쉽지 않을 겁니다.
그렇지만 자책하지 않고 포기하지 않고
더 단단한 마음을 가지고 앞으로 나아갈 수 있도록
한 번쯤은 열심히 살아가고 있는 나에게 말해주세요.

매 순간에 최선을 다했다면 그것으로 충분하고
실패했으면 다시 도전하면 되고
무너졌으면 다시 일어나면 된다고.
그동안 잘 해냈고 앞으로도 잘 할 수 있다고
오늘 하루도 고생했다고.

진심

누군가에게 울림을 주는 글을 적을 수 있다면
나와 같은 사람들에게 해주고 싶었던 말이 있었다.

내 소중한 것들을 하나씩 포기해가며
남들의 기준에 나를 억지로 끼워 맞출 필요가 없다고.

나라는 사람은 어떠한 상황 속에서도 소중하며
남들의 눈에 맞지 않는 사람이라고 해서
절대로 어리석고 이상한 사람이 아니라고.

믿었던 사람들에게서 상처를 받고 버림받아도
전부 당신 잘못은 아니며 슬픈 날에는 울기도 하고
억지로 감정을 참지 않아도 된다고

괜찮지 않은 날에는 쓰러져도 좋고
열심히 했지만 포기해야 하는 순간이 찾아온다면
끝까지 최선을 다해보자며 나중에 다시 일어나도
충분하다고.

그리고 이런 말을 해주는 사람이 하나 없이도
잘 견디며 잘 살아와줘서 고맙다고 말해주고 싶다.

03 사랑해

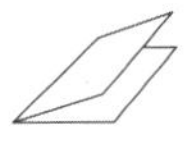

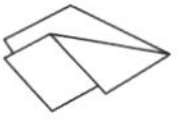

영원히

사랑한다는 너의 한마디에

영화를 좋아하는 사람이 됐고

꽃집을 한참 서성이는 사람이 됐고

전화기를 온종일 붙잡고 있는 사람이 됐어.

아주 작은 거라도 챙겨주는 사람이 생기고

맛있는 음식 앞에서 먼저 먹여주고 싶은 사람이 생기고

작은 선물에도 크게 감동하는 사람이 내 곁에 있게 됐어.

평범한 연락에 다정함을 느끼고

무엇이든 예뻐해 주는 모습에 사랑을 느끼고

나만 아는 네 습관을 기억할 때

내가 정말 누군가를 사랑하고 있다는 걸 알게 돼.

너와 함께하는 이 시간이

이렇게 좋은게 사랑이라면

온몸이 다 젖을 정도로 빠져서

한참을 허우적거리고 싶어.

계속 빠져들고 싶고.

영원히 빠져나오지 못한다면 더 좋고.

어린아이

당신의 하루에 나는 얼마나 있을까요.
내 하루엔 아주 사소한 곳까지 당신이 묻어 있어요.
아무리 바쁘더라도 자꾸 생각나고 보고 싶더라고요.
하루 종일 귀찮을 만큼 앞에서 서성거리고
지겨울 때까지 웃고 떠들고 싶어요.

어린아이 같은 마음인 거 잘 아는데
사랑 앞에서는 자꾸 어린아이가 되어서 그래요.
그러니까 조금만 봐줘요,
내가 당신을 너무 사랑해서 그래요.

그래도 괜찮습니다.

계절은 지나 또다시 봄은 찾아오고
밤이 지나면 해가 뜰 겁니다.

비가 온 뒤에 맑은 하늘이 찾아오고
상처는 시간이 지날수록 무뎌지겠죠.

그러다 보면 자연스럽게 좋은 날은 다가올 겁니다.
그때는 다가오는 행복에 불안해하지 말고 행복하세요.
당신도 충분히 행복해도 괜찮습니다.

동백꽃

마음이 잘 맞는 친구가 있었어요. 그 친구랑 있으면 고민거리도 잘 해결되고 어디를 가도 재밌었어요. 그러다 우리 사이에 문제가 생겼어요. 사소한 다툼이었는데 점점 문제가 깊어지는 기분이었죠. 그 친구를 좋아했던 만큼 잃고 싶지 않았거든요. 그래서 최선을 다했고 사과도 했지만 돌아서버린 친구를 다시 붙잡지는 못했어요. 그렇게 가장 좋아하던 친구를 잃었어요. 또 한 번은 그랬어요. 친하지 않았지만 종종 연락하던 친구가 있었는데, 몇 번 만나고 얘기하다 보니까 남들보다 훨씬 더 친해지기도 했어요. 내가 생각지도 못한 곳에서 좋은 사람을 발견하고 친해졌던 거죠. 인연이나 운명이라는 말이 정말 존재하는 것 같아요.

그런 말이 있어요. 만날 인연이라면 어떻게든 만나게 되고, 헤어질 인연이라면 결국 끊어지게 된다는 말이요. 어쩌면 내게 마음이 잘 맞던 친구는 헤어질 인연이었고, 종종 연락하던 친구는 만날 인연이었나 봐요. 처음에는 이런 말들 믿지 않았는데, 어느 순간부터는 자연스럽게 믿으며 살아가고 있어요. 삶을 살아가며 누군가 내 삶에 스며들고 떠나가는 일이 반복되니 아프지 않으려면 믿고 싶었나 봐요. 이제는 누가 곁을 다가오고 떠나가도 그리 큰 영향을 받지 않아요. 인연이고 운

명이겠죠. 하지만 이렇게 살아간다 하더라도 중요한 것들이 있어요.

인연의 길이를 마음대로 가늠하지 않기, 그리하여 헤어질 인연이라는 생각에 서둘러 포기하지 않기. 그리고 지금의 관계에 최선을 다하기.

이 세 가지를 꼭 기억하는 거죠. 어떤 사람이든 처음부터 떠나갈 생각을 하고 다가오지 않을 것이고, 상대방은 내 곁에 더 있고 싶지만 내가 서둘러 포기를 해서 지속될 수 있었던 인연이 끊길 수도 있을 테니까. 지금 마주하는 사람들에 최선을 다하는 이유는 그 사람이 후에 나의 곁에 남거나 떠나가도 후회하지 않기 위해서겠죠. 모르는 사람이 만나 인연을 이어간다는 것은 한겨울에 꽃을 피워내는 일과 같아요. 어떤 계절이든 꽃을 피워낼 수 있겠지만, 그 계절이 꽃이 잘 피어나지 않은 계절이라면 피워내는 과정이 더 서툴고 힘들겠죠. 하지만 포기하지 말고 예쁜 꽃을 피워내길 바랍니다. 반드시 좋은 인연을 만나길 바라요.

그런 삶이면 괜찮은 삶이지 않을까

많은 사람이 괜찮은 삶을 살아야 한다고
남들 부끄럽지 않은 좋은 삶을 살아야 한다고
말하고는 해.
그래서 그게 어떤 삶일까 고민해봤는데
그건 사실 생각보다 거창한 건 아닌 것 같아.

신경 쓸 일이 별로 없는 삶.
별일 없는 하루가 이어지고
지금 시간 어떠냐는 말에
그래, 지금 나갈게라고 말할 수 있는
사람이 있는 것.

편한 옷차림으로도
서로의 대화에만 집중할 수 있는 사이.
내 마음을 전부 이해하지 못하더라도
서로의 얘기를 듣고 고개를 끄덕여 줄 수 있는
함께 있으면 주변의 공기가 불편하지 않고
편안하고 재밌게만 느껴지는 사이.

좋은 관계라는 생각이 들게 해주는 사람.
그런 사람이 곁에 머무는 삶이라면
꽤 괜찮은 삶이지 않을까.

봄을 닮은 사랑

예쁜 말을 선물해 주는 너와 있으면 걱정이
하나도 없었다.
이별이 두려워 사랑하지 못했던 불안한 마음을
넌 따스한 사랑과 설렘으로 가득 채워졌고,
아무 말 없이 마주 보고 있는 순간도 행복하게만
느껴졌다.
가끔은 우리가 함께하는 이 시간들이 멈춰버렸으
면 좋겠다는 생각을 한다.

손을 잡고 있을 때면 세상의 온기를 우리 둘만
나누는 듯했고,
서로를 안고 있으면 수많은 걱정과 고민거리들도
전부 사라졌다.
때로는 너를 특별하게 불러주고 싶다.
남들과는 다른 사랑을 느끼게 해주고 싶어서.
가끔은 새로운 것들이 설렘을 선물해 주기도
하니까.

그래서 말인데
나는 네게 따스하고 평온하다며
좋아한다고 말한 계절인
봄을 닮은 사람이라고 말해주고 싶다.

너는 봄을 닮은 사람이니까.

사랑한다는 이유 하나만으로

네가 아프고 힘든 사람이라도 나는 곁에 있고 싶었어.
감정이 벅차오르는 날이면 너를 와락 안아서
토닥여주고 싶고 갑자기 쏟아지는 소나기에
겉옷이라도 벗어서 비를 피하게 해주고 싶어.

불안할 때 나도 불안한 사람이 되어주고
무너질 때 나도 같이 무너져 줄게.
함께한다면 무엇이든 괜찮아질 테니까.

당신이 쏟아내고 부서졌던 밤들도
모두 괜찮게만 여겨질 테니까.
사랑한다는 이유 하나만으로
어떠한 일이 있어도 곁에 있어 줄게.

다툼과 화해

사랑하다 보면 좋은 점도 많지만 맞춰가야 하는 부분도 많은 것 같다. 그렇기 때문에 의견이 맞지 않을 때는 다툼이 일어나기도 하고, 서운한 것들도 있지만 마음에 묵혀두기도 한다. 다투는 날이면 어쩔 수 없이 어색한 공기가 흐르게 되고 금방이라도 풀고 싶지만 마음처럼 잘 되지 않을 때가 많았다.

이런 다름의 문제를 해결하고 나면 또 다른 문제가 생겨난다. 바로 화해를 하는 것. 다투는 시간이 어느 정도 지나가면 관계를 지속하기 위해서 화해를 해야 하기 마련이다. 하지만 화해를 하는 과정에서 다투는 연인들은 생각보다 많다. 그렇기에 화해에서도 많은 연인이 고민하고 어려워한다. 그런 이유는 다툼 이후 바로 풀고 싶어 하는 사람과 시간이 지나고 마음과 생각을 정리 후에 정리하고 싶은 사람이 있기 때문이다. 물론 이것뿐만 아니라 각자만의 성향 때문에 다른 것들도 무수히 많이 존재하겠지만, 대개로는 이런 성격 차이가 가장 어려운 것 같다.

이런 문제를 해결하기 위해서는 상대방의 입장에서 기분이 나쁘지 않게 설명을 해주는 것과 아주 사소한 것이라도 숨기지 않고 말해주는 일이 필요하다. 혹시 기다림이 필요한 사람이라면 바로 해결하고 싶은 본인만 생각하는 게 아니라 상대방을 기다려주고 이해해 주는 것과 모든 일들이 지나간 후에는 다시 이 일을 꺼내지 않는 것. 이렇게 중요한 것들까지 챙겨야 한다. 화해를 했다면 과거의 일을 마음에 두고 살아가는 것이 아니라 앞으로 함께할 미래에 대해 고민하고 맞춰가는 과정에 집중했으면 한다. 지나간 일들은 다시 돌이킬 수 없으니까. 지나간 대로 추억으로 남겼으면 한다.

좋은 해결 방안이 있지만, 좋게 해결하지 않는 사람들도 있었다. 해결 방안이라고 말하며 시간을 가지자고 말하며 잠수를 해버리는 사람이 있었고, 기다렸다는 듯이 이별을 말하는 사람도 있었다. 다른 사람의 의견은 어떨지 몰라도 이런 사람들은 정말 질색이다. 아니 어쩌면 사랑했다고 말하기도 부끄러운 사람들이다. 적어도 사랑한다는 말을 했다면 많은 대화를 나누고, 오래도록 사랑할 수 있도록 좋은 방향으로 풀어나갔으면 좋겠다. 연인 사이에 아무리 다투고 서운한 일이 있더라도 사랑한다는 말을 했다면 함께 책임져야 하고 버텨내야 하는 것들이 있으니까.

우리의 삶은 불완전하기 때문에 어떤 사람이든 완벽하거나 완전한 사람은 없다고 생각한다. 같은 곳에서 같이 자란 사람도 성격이 다를 수도 있고, 생각하는 것이 다를 수도 있다. 한데 다른 곳에서 다르게 살아온 사람은 얼마나 더 다를까. 심

지어 같이 자란 사람은 아는 것이라도 있을 텐데. 그렇지 않은 사람은 내가 온전히 아는 것이 없으니까. 서로의 다름이 서로의 같음이 되긴 힘들어도 사랑한다는 말을 하며 이해하고 보듬어줬으면 하는 마음이다.

처음 사랑했던 순간처럼

의견이 맞지 않아서 다투는 날이면

설레고 서로를 좋아만 해도 부족한 시간이지만

가끔은 다투고 서로에게 서운한 일이 있을 수도

있는 거라고 말해주고 싶어.

사랑하지 않는다는 말이 아니라

서로 맞지 않았을 뿐이라고.

틀린 것이 아니라 그냥 다른 것일 뿐이라고.

충분히 맞춰갈 수 있으니까.

혼자서 지내다가 둘이 함께하는 게 서툴러서
어느 날은 다투기도 하고 어느 날은 화해도 하고
서로를 안으며 내가 미안했다고 말해줄 수 있는 거라고.
그 과정 또한 당신이랑 함께해서 좋다고 말해주고 싶어.

처음에는 다투는 날이 많겠지만 오랜 시간
함께 지내다 보면 안정적인 순간이 찾아올 거야.
그러니 다투고 토라져도 서로를 사랑하는 마음을
잊지 않고 처음 사랑했던 순간처럼 사랑하자.

여정

작년 가을 오래 알고 지냈던 친구로부터 연락이 왔다.

'너만 괜찮으면 한번 놀러 와.'

그 한마디에 나는 무엇에 홀린 듯 "내일 올라갈게"라고 대답했다. 다음날 바로 떠나기로 결정했던 이유는 한번 보자는 그 친구의 연락이 달가웠고, 문득 어딘가 떠나고 싶다고 생각하고 있던 참이었기 때문이다. 최대한 짐은 가볍게 챙겼다.

당시 친구는 서울에 살고 있었고, 나는 울산에 있었다. 친구를 보기 위해 대략 2시간 동안 기차를 타고 가야 했다. 처음에는 긴 시간 동안 무엇을 할지 막막했지만. 일단 기차 타고 생각하고 싶었다. 기차를 타고 흘러가는 시간이 따분할 줄 알았는데 생각보다 가는 내내 설렘이 가득했다. 머릿속의 복잡한 생각들은 창밖의 풍경들을 보다 사라져버렸고, 지나가는 역에서 정차를 할 때 웃으며 인사를 나누는 사람들을 보면 나까지 마음이 따뜻해졌다. 누군가를 보기 위해 시간을 비워내는 일이, 누군가에게는 당연할지 몰라도 내게는 다정하게 느껴졌다.

그러고 보니 성인이 된 이후에 갑작스럽게 보자는 말들이 줄어들었다. 아무래도 각자의 삶이 있고, 만나는 사람 중 한 명이라도 시간이 되지 않으면 볼 수 없게 되었으니까. 이제는 가까운 친구들을 보기 위해서라도 시간을 내야 한다. 학창 시절처럼 매일 학교에서 만날 수 없는 사이가 되었고, 서로의 삶이 바빠 오랜 시간 볼 수 없는 경우도 있었다. 그래서 이런 사소한 연락이 달갑고 소중하다. 누군가를 기다리고, 누군가를 위해 다가가고 그만큼 소중한 관계가 또 어디에 있을까.

살다 보면 각자의 삶이 각박해 혼자 살아내기도 쉽지 않다는 걸 느낄 때가 있다. 그래서 소홀해지고 깨지는 관계도 있었다. 하지만 동시에 이름 몇 글자에 미소가 지어지는 사람도 있었고. 이름 몇 글자에 눈물이 흘러나오는 사람도 있었다. 어쩌면 우리는 편안함을 위해 소중함을 잊어버리는 경우가 많다. 곁에 오래도록 머물러주는 사람들과 연을 끊기도 하고, 가족들에게 안부 연락 하나 제대로 나누지 못한다. 가끔은 잠깐이라도 전화 한 통을 나눴으면 좋을 텐데. 각자의 삶이 바쁘다는 이유로 우리는 늘 그렇게 살아갔다. 아무리 바쁘더라도 오래도록 곁에 머무는 사람들의 소중함을 잊지 않았으면 좋겠다. 곁에 머물러주는 사람들 그 사람들은 이유 없이 다정한 사람들이니까. 믿어주고 응원해 주는 사람들이니까 말이다.

서로의 삶에 오래도록 스며들 수 있는 것은 함께 살아가는 세상의 아름다움 중 하나라고 생각한다. 삶이라는 긴 여정을 함께할 수 있는 사람이 있다는 것. 내 곁에 좋은 사람이 있다는 것.

내 삶은 내가 살아가는 거니까

세상에는 생각보다 무례한 사람이 많다. 지나칠 정도로 사생활에 간섭하는 사람, 외면을 보고 모든 걸 판단하는 사람, 잘해주고 이해하려고 하면 쉬운 사람이라고 도장 찍는 사람. 내가 느끼는 힘듦도 아픔도 행복도 즐거움도 제대로 알지 못하는 그런 사람이 나에 대해서 함부로 말하는 경우도 있다. 처음에는 걱정돼서 하는 말이라고, 그럴 수도 있다고 생각했다. 모두 나를 위해서 해주는 말인 줄 알았다. 하지만 정작 속에는 본인들의 욕심이 가득한 경우가 많았다. 억지로 나라는 사람을 본인의 틀에 억지로 끼워 맞추려는 듯이. 그런 날이 반복되다 보니 사람에 대한 두려움이 생겼다.

그렇게 남의 시선에 맞춰 살다 보니 어느 순간부터 내가 좋아하는 것과 내가 하고 싶은 것에 대해 제대로 알지 못하게 됐다. 내가 지금 무엇을 하고 있는 걸까, 그 생각이 머릿속을 스쳐 지나갔다. 내 삶을 살고 싶었는데, 다른 사람이 바라는 삶을 살아주고 있었다. 생각과 고민은 시간이 지날수록 더 깊어져 갔고 그런 과정에서 결국 아무것도 하지 못하는 사람이 되었다. 어떤 것이든 시도조차 망설이게 되고 침대 위에서 뒤척이는 일이 하루의 전부였다.

"나 잘 살고 있는 걸까?"

그러다 문득, 깊은 밤 창문 밖으로 보이는 건물들이 아직까지도 불을 끄지 않고 있는 것이 보였다. 다들 열심히 사는구나. 무엇을 위해서 다들 저렇게 사는 걸까. 나도 다시 저런 삶을 살고 싶다, 별안간에 그런 생각이 들었다. 그전에 한동안 집에 박혀 있었던 탓인지 집은 엉망진창이었다. 나는 눈에 보이는 것부터 치우기 시작했다. 집을 다 치우고 길었던 머리카락을 정리하고 단정하게 옷도 입었다. 한 손에는 입구 끝까지 차오른 쓰레기봉투를 들고 집 밖을 나왔다. 쓰레기통에 그동안의 내 삶도 같이 넣어서 버렸다. 그리곤 아무 생각 없이 한참을 걸었다. 그곳이 길이든 길이 아니든.

한참을 걷다 보니 길 끝에는 높은 계단이 있었다. 계단을 보니까 어떤 목소리들이 떠올랐다. 많은 사람이 늘 내게 했던 말들. 너는 올라가지 못할 것이라고, 차라리 지금 이대로 있는 게 더 나을 수도 있다고. 하지만 이전의 내 흔적들은 쓰레기통에 전부 버리고 나온 뒤였다.

망설임 없이 계단을 올랐다. 숨이 턱 끝까지 차올라서 중간엔 내려가고 싶다는 생각이 들었지만 포기하지 않았다. 지금 계단을 내려가는 것은 쉽겠지만 그렇다면 지금의 상황이 힘들다는 이유 하나만으로 도망치곤 했던 그간의 나와 다를 게 없었다. 올라가는 길이 어려웠지만 네발로 기어가며 결국에는 도착해낼 수 있었다. 거기에는 생각지도 못한 예쁜 야경이 있었다. 어렵게 도착한 그곳은 내가 생각했던 것보다 훨씬 더 좋은 곳이었다. 다시 집을 가기 위해서 이 높은 계단을 내려가야 하지만 잠시라도 이곳에 머물러서 좋았다. 계단을 올라가는 건 어려울지 몰라도, 내려가는 건 올라오는 것보다 훨씬 쉬울 테니까.

어딘가는 나와 같은 사람이 있다고는 것을 안다. 그리고 나와 같이 한때 무너지기도 했던 사람들에게 전해주고 싶은 말이 있다. 모든 사람에 꼭 좋은 사람이 될 필요도 없고, 내 삶을 억지로 남의 기준에 끼워 맞출 필요도 없다고. 가끔은 그래도 된다.

짝짝이 양말

늦잠을 자는 바람에 약속에 늦은 날이 있었다. 평소 성격 같았으면 먼저 일어나서 준비를 했을 텐데. 전날 밤 잠이 안 온다는 핑계로 휴대폰을 만지작거리던 게 문제였다. 허겁지겁 준비하고 약속 장소로 향했다. 필요한 지갑이나 휴대폰도 챙겼고, 입었던 옷도 괜찮았다. 친구를 만나고 길거리를 걸으며 얘기를 하다가 배가 고파져서 근처 식당으로 향했다. 그저 평범한 음식점이었다. 신발을 벗고 방으로 들어가서 음식을 먹는 테이블이 많았다. 친구는 신발을 벗고 안쪽으로 들어가자고 했고, 알겠다며 친구를 따라 신발을 벗고 들어갔다.

문제가 있었다. 제대로 준비하고 나온 줄만 알았는데 문제는 안 보이는 곳에 있었다. 양말이 짝짝이였던 거다. 한쪽은 남색 한쪽은 검은색이었다. 자세히 보면 보였지만, 쉽게 구분이 될 정도의 색깔은 아니었다. 친구는 남들이 신경도 안 쓰고 잘 안 보인다고 괜찮다고 그랬지만, 하루 종일 온 신경이 그쪽을 향해 있었다. 부끄러움이 많은 성격이라 누가 보면 어떡하지, 비웃음을 사면 어쩌지, 여러 고민이 머릿속을 가득 채웠다. 그렇게 밥을 먹을 때도 카페에 가서도 길을 걸을 때도 내 신경은 온통 양말에 있었다.

시간이 어느 정도 지나서 친구와 인사하고 집으로 돌아와서 양말을 묶은 다음 벽으로 집어 던졌다. 완벽했다고 생각했는데, 보이지 않는 곳에 꼭꼭 숨어있던 아무 잘못 없는 양말이 그렇게 원망스러울 수가 없었다. 그리고 한참을 누워서 생각을 했다. 누가 본 건 아닐까. 비웃은 건 아닐까. 하지만 곰곰이 생각해 보면 사실 아무도 나에게 관심이 없었다. 나의 양말에 관심이 있던 사람도 없었고, 비웃은 사람도 없었다. 아무도 신경 쓰지 않는 것을 나 혼자만 신경 쓰고 걱정하고 있었다.

그동안의 내가 그랬다. 남들은 내가 생각보다 나에게 신경을 쓰지 않는데 혼자 걱정하고 불안했다. 다른 사람들의 시선이 두려워서 하고 싶은 말을 억지로 삼키고, 감정들을 억지로 눌렀다. 억지로 버티고 견뎌냈다. 하지만 이제는 그럴 필요가 없을 것 같다. 내가 하고 싶은 것들을 하고, 억지로 눌러 담지 않아도 남들은 생각보다 나에게 관심이 없다는 걸 알았으니까.

억지로 끼워 맞추고 싶지 않아서

하고사 하는 말들이 많았지만

아무 말도 하지 않았다.

내뱉고 싶은 말들을 전부 내뱉는다고

달라질 것이 아무것도 없을 걸 잘 알았고

진작 변할 사람이었으면 바뀔 걸 알았으니까.

사랑받을만한 사람

1. 감정은 표현하자. 어떤 감정이라도 시간이 지나면 사라지기 마련이니까. 감정 앞에 솔직해진다고 어린아이가 되는 건 아니니까. 그저 자신의 목소리를 낼 줄 아는 사람이 되는 거니까. 아직 서툴다면 표현하려고 노력해보자. 이 세상에 쓸데없는 감정 따위는 하나도 없으니까.

2. 인간관계가 고민이라면 떠나갈 사람은 떠나가고 남을 사람은 남는다는 말을 기억하자. 여러 사람을 만나고 얘기하다 보면 분명 안 맞는 사람은 몇 명이든 존재할 수 있다. 억지로 끼워 맞출 필요 없고 상처를 주는 사람을 보듬어 줄 필요도 없다. 나를 좋아해 주고 사랑해 주는 사람만 만나기에도 시간은 부족하다.

3. 많은 사람을 만나보라고 말하고 싶다. 시간이 흐르면 만나고 싶은 사람들도 못 만나게 된다. 많은 사람을 만나보고 대화하고 경험하자. 하지만 여기서 중요한 것은 많은 사람들을 만나보라고 했다고 이 사람 저 사람 다 만나면 안 된다는 거다. 여기서 말하는 많은 사람이란 나에게 좋은 영향을 줄 수 있는 좋은 사람을 말한다.

4. 좋은 사람으로 남고 싶다면 내가 먼저 좋은 사람이 되어야 한다. 좋은 사람의 기준은 사람마다 다르겠지만 각자의 기준에서 좋은 사람이 되려고 노력하자. 내가 먼저 그런 사람이 된다면 내 주위에는 자연스럽게 좋은 사람들이 가득해질 테니까.

5. 대화할 때는 말을 아끼고 귀를 열자. 누군가에게 공감하기에 가장 좋은 것은 경청이라고 생각한다. 상대방의 얘기를 듣고 그에 맞는 반응을 하

는 것. 그것이 상대방에 대한 가장 기본적인 대화의 매너이다. 진심으로 들어주고 마음이 통한다면 고개를 끄덕여주자.

6. 충고라고 하고 쓸데없이 상처 주는 말들을 내뱉는 사람들이 있다. 그런 사람들의 말은 흘려 들어도 괜찮다. 피와 살이 된다는 말을 하지만 피밖에 안 된다. 물론 듣고 싶은 말만 듣는 것은 문제가 되지만 누가 들어도 아닌 것 같은 것은 대화가 아니다. 일방 통행인 길에서 역주행하는 차와 다를 게 없다.

7. 하고 싶은 일이 있다면 망설이지 말자. 삶에서 경험은 중요한 역할을 하니까. 대신 부지런히 움직이고 노력하자. 최선을 다했는데 결과가 좋지 못하더라도 좌절하지 않아도 괜찮다. 열정을 쏟는 방법을 알게 되었다면 다른 무엇도 도전할 수 있을 테니까. 실패를 통해 경험을 배우고 경험이 쌓여 더 좋은 결과들을 만들 테니까.

8. 처음 살아가는 인생이니 얼마든지 무너지고 망가질 수 있다. 모든 것을 처음부터 잘하려고 하지 않아도 괜찮다. 처음부터 잘한다면야 좋겠지만 그렇지 못한 것들이 꽤 많다. 아무 곳이나 자기 합리화하는 건 나쁜 거지만 처음부터 잘해야 한다는 말에 겁먹을 필요 없다. 처음이니까 괜찮다.

9. 당신은 충분히 사랑받을 가치가 있는 사람이다. 누가 뭐라고 해도 기죽지 말자. 잘하고 있고, 잘 살아가고 있다. 문득 살다가 지치는 날에는 내려놓고 도망가도 괜찮다. 다시 돌아온 이후에 더 열심히 살아가면 되니까. 휴대폰도 수명을 다하면 충전이 필요한 것처럼 사람도 휴식이 필요하다.

사랑할 때

공포 영화도 못 보는 사람이
영화관에 가서 손으로 눈을 가리면서까지
같이 영화를 보는 것.
음식을 빨리 먹던 사람이
같이 먹는 사람을 위해 천천히 속도를 맞춰 주는 것.
못난 글씨로 편지지 여러 장을 찢어가며
겨우 완성한 편지 한 장에 기뻐서 잠자리를 뒤척거리고
어떤 옷이 예쁠까 고민하면서 옷장을 어질러보고
만나면 마치 몇 년을 못 본 사람을 만난 것처럼 애틋하다.

그런 너를 다정하게 안아주며 사랑한다고 말하고 싶다.
사랑하면 어떤 모습이든 예뻐 보이고 싶고
어떤 것이라도 잘해주고 싶어서 그럴 수밖에 없었다고.

축복

사랑하는 사람이 있다는 건 삶의 축복이 아닐까 싶어요. 잠들기 전에 오늘 하루도 참 행복했다고 느낄 때가 많아요. 부정적인 감정이 사라지기도 하죠. 혹시나 나와 사랑하는 사람 사이에 공통점을 발견한다면 보물을 찾은 기분이 들 수도 있어요.

당신을 만나기 전에는 사랑하는 사이라면 꼭 특별한 일을 해야 한다고 생각했어요. 유명한 맛집을 찾아가고 예쁜 곳에 가서 사진을 찍어야 한다고 생각했죠. 매 순간이 특별해야 한다고 생각했어요. 그런데 허름한 길을 걷다가도 갑자기 당신이 떠오르고 유명한 식당 옆에 허름한 식당이 더 좋아지기도 하더라고요. 어딜 가든 당신이 가장 먼저 떠올랐어요. 당신과 함께라면 어디든 좋았고요. 꼭 특별한 걸 해야만 행복한 줄 알았는데 어쩌면 그건 잠깐 동안만 예쁘고 마는 것들이었는지도 몰라요.

아무것도 안 하고 바라만 봐도 좋아요. 계획 하나 없이 뒹굴거려도 좋아요. 아무것도 없는 하루를 같이 채워나가도 좋아요. 밤에 산책하면서 노래만 흥얼거려도 행복해요.

그런 것들이 아름답게 느껴지는 건 당신 덕분이겠죠? 당신이라서 행복하고 당신이라서 예쁘고 당신이라서 괜찮은 것들이니까요. 사랑하면 다 그런가 봐요. 무엇이든 다 사랑할 수 있게 되는 마음. 지금 내 마음이 그래요.

어른이 되고 싶었는데

어릴 때는 빨리 커서 어른이 되고 싶었다. 어른이라는 두 글자는 듣기만 해도 심장이 쿵쾅거릴 정도로 설레는 단어였다. 어릴 때부터 내 꿈은 요리사였다. 혼자 집에 있는 날이면 종종 요리를 하곤 했었다. 그러다 맛있는 음식을 할 줄 알게 되면 가족들이나 친구들에게 똑같이 해줬다. 그 음식을 먹고 사람들이 맛있다고 말해줄 때마다 행복했다. 그게 이유였다. 나의 노력으로 남을 행복하게 해주는 것. 내가 만든 요리를 선물하고 음식을 먹은 사람들이 행복하면 나도 행복했다. 그래서 나는 어른이 되고 싶었다. 그러면 나도 원하는 일을 하게 되어서 행복해질 줄 알았다.

나는 내가 어른이 되면 유명한 호텔에 들어가서 요리사를 하고 있을 줄 알았고, 퇴근 후에는 차를 운전해서 집에 들어갈 줄 알았다. 퇴근 후에는 집에서 커다란 소파에 앉아서 맥주 한 캔을 마시며 텔레비전을 보고 웃는, 또 내일 일정을 확인한 후 널찍한 침대에 누워서 잠에 드는, 그런 멋있는 사람이 될 줄 알았다. 하지만 현실은 달랐다. 어른이 된 나는 집도, 차도, 가진 게 아무것도 없었다, 용돈을 벌기 위해서 알바를 뛰어야 했고, 유명한 호텔이 아닌 소소한 음식점 주방에서 요리를 했고 퇴근 후에는 작은 매트리스에 누워서 핸드폰을 보다가 잠에 들었다.

출근과 퇴근, 퇴근 후 청하는 잠의 반복이었다. 그렇게 20살이 끝나갈 무렵 나는 현실을 회피하고 싶어서 군대로 갔다. 아니, 솔직하게 말하자면 조금 더 늦게 가고 싶었는데 형이 대신 지원을 해줬다. 처음에는 그게 그렇게 억울했는데 천천히 생각해보니 일찍 가는 게 그래도 마음은 편했다. 살면서 넘어야 할 벽을 하나 넘은 기분이었다. 군대는 몸은 힘들어도 마음이 편했다. 정해진 시간에 일을 하고 운동을 하고 밥을 먹고 잠을 잤다. 물론 안 그런 날도 있었지만 그래도 좋았다. 그렇게 안 갈 것 같던 시간이 흐르고 전역을 했다. 전역 후 나에게 남은 건 예비군이라는 신분과 몇 푼 안 되는 통장밖에 없었다.

아프니까 청춘이라는 말이 있다. 그런데 아픈 건 그냥 아픈 건데 왜 청춘이라고 그럴까. 아직까지도 그 말을 이해하지 못했다. 나중에는 이해할 수 있을까. 여전히 삶을 모르겠다. 사람도 모르겠고 사랑도 모르겠다. 그래도 여전히 삶을 살아갈 것이고 사람을 만날 거고 사랑도 할 것이다. 무엇이든 열심히 해보려고 한다. 시간이 지나면 그 어떠한 삶도 퍼즐 조각처럼 맞춰질 테니까. 실패는 경험이 되고 경험이 쌓여 성공이 될 것이라고 믿고 있다. 어떤 사람이든 처음부터 잘하는 사람은 없을 테니까.

아직도 내가 어른이 되었는지 모르겠다. 어른이라는 것은 나이를 먹는다고 되는 것이 아니라는 것, 삶의 많은 구석을 책임져야 하는 이름이라는 것을 알게 됐다. 요즘은 어른이라는 두 글자가 참 슬프게 느껴진다.

기준

어른이 될수록 자꾸 남과 나를 비교하게 된다.
남들이 힘들다고 하는 일은
나한테도 힘들 것만 같고

남이 어떤 일을 했을 때 행복하다고 말하면
나한테도 행복한 일이 될 것처럼 느껴진다.
그렇게 타인의 기준에 나를 맞추고 살아갈 때가
있다.

사실 다른 사람한테 힘든 일이
내게는 안 힘든 일일 수도 있는 건데
나에게 행복한 일이 다른 사람에게는
평범한 일일 수도 있을 텐데 말이다.

다른 사람들의 기준에
나를 맞추지 않았으면 좋겠다.

결국 내가 느끼는 것과
다른 사람이 느끼는 건 다를 테니까.

남보다 덜 힘들다고 안 힘든 게 아니고
남보다 덜 행복하다고 행복하지 않은 게 아니니까
각자 느끼는 기준이 다른 것 뿐이니까.

누구나 할 수 있지만
아무나 할 수 없는 것

자존감이 낮았던 시기가 있었다. 칭찬을 받으면 어색했고, 별것 아닌 한마디가 마음에 박혀 빠져나오지 않았다. 작은 실수라도 하는 날이면 스스로를 비난했고 그럴수록 자존감은 더 바닥을 향했다. 한동안은 끝이 보이지 않는 터널에 멈춰서 있는 기분이었다. 다른 사람들은 자동차를 타고 잘만 지나가는데, 나만 이곳에 머물러 빠져나가지 못하고 있었다. 나도 터널 끝으로 나가고 싶었다. 걸어서든 자동차를 멈춰 세워 같이 타고 나가든 무엇이든 하고 싶었다.

그래서 아주 사소한 것부터 하기 시작했다. 아침에 일어나면 이불을 정리하고 창문을 열어 환기를 시켰다. 밥은 내가 직접 만들어서 나에게 선물했다. 인터넷을 뒤져서 레시피를 고르고 필요한 식자재를 사러 갈 때는 산책도 할 겸 일부러 돌아서 갔다. 멍하니 앉아 있는 시간에는 운동을 했다. 그렇게 몇 개월이 지나자 내 삶은 조금씩 변하기 시작했다. 잘 웃고 사교성도 좋아졌다. 성격도 긍정적으로 변했다. 나는 못 해, 내가 그렇지라는 말이, 그럴 수도 있지, 오히려 좋아라는 말로 변했다. 그렇게 나는 끝이 보이지 않았던 터널을 빠져나왔다.

나는 여전히 잠에서 깨어나면 이불을 정리하고 창문을 열어 환기를 시킨다. 되도록 음식은 직접 해 먹고 시간이 된다면 가족들에게 요리를 해주기도 한다. 오전에 날이 좋으면 산책을 다니고 운동은 헬스장을 다닐 정도로 좋아하게 되었다. 일부러 특별하지 않은 것부터 시작했다. 아침에 일어나는 것, 창문을 여는 것처럼 누구나 할 수 있는 것을 했다. 처음부터 어려운 목표를 정한다면 이뤄내지 못할 걸 누구보다 잘 알았으니까. 잘하고자 했던 마음도 처음에는 쉽지 않았다. 몇 번 늦잠을 자기도 하고, 운동을 거르기도 했다. 그래도 포기하지 않고 꾸준히 이뤄냈다. 사실 모든 것들이 처음이 두렵고 어렵지, 똑같은 일을 여러 번 하는 것은 어렵지 않으니까.

내가 언제까지 이렇게 살 수 있을지는 모르겠지만, 적어도 다시 예전의 나로 돌아가고 싶지는 않다. 누구나 변화하는 걸 두려워한다. 기존의 방식대로 살아가도 충분한 삶이라고 생각하기 때문이다. 그래도 한 번은 내가 살아왔던 방향과 다른 삶을 살아보라고 말해주고 싶다. 누구나 할 수 있지만 아무나 할 수 없는 것. 그걸 이뤄냈을 때 삶은 더 견고해지고 윤택해질 것이다.

마음

유독 나만 불행해 보이는 날이 있어. 혼자 먹는 음식이 그날따라 맛이 없고, 아무 연락도 없는 휴대폰이 원망스러운 날. 하늘은 구름 하나 없이 맑아서 먹구름들이 죄다 내 마음으로 들어온 것이 아닐까 생각하게 되는 날. 그날도 그런 날이었어. 그저 걷고 또 걸었지. 한참을 걸어서 도착한 곳은 내가 그토록 좋아했던 바다 앞이었어. 휴대폰을 꺼내 들어 파도 소리를 카메라로 담았어.

꺼냈던 휴대폰을 주머니 깊은 곳에 집어넣고, 모래사장 입구에 있는 계단에 한참을 걸터앉아서 눈을 감고 파도 소리를 들었어. 저 바다도 나랑 같은 마음일까. 한참을 출렁이고 나서야 잠잠해질 수 있는 걸까 싶었어. 어느 정도 시간이 지났을까, 천천히 눈을 떴을 때. 햇빛은 강렬하게 나를 비추고 있었고 나는 눈이 부셔 눈을 제대로 뜨지 못했어. 손으로 햇빛을 가리고 나서야 바다를 바라볼 수 있었지. 모래사장에서 어린아이들은 뛰어놀고 있었고, 옆에서는 연인들이 사진을 찍고 있었어. 이상하게도 아침에 들고 나왔던 무거운 마음은 사라지고 없었어. 뛰어노는 아이들을 보니 어느새 웃음이 새어 나오고 있는 거야. 연인들을 보니 마음도 따뜻해졌고 말이야. 높은 파도에 출렁이던 바다가 잔잔해졌을 때, 내 마음도 같이 잠잠해졌어.

생각해 보면 마음은 변덕이 심한 것 같아. 행복하다가도 우울해지고 우울하다가도 행복해지잖아. 그래서 마음은 알면 알수록 참 어렵지만, 변덕이 심한 탓에 이렇게 사소한 것에 금방 좋아지기도 하는 거겠지. 변덕이 심하다는 것을 알고 난 뒤에 기분이 좋아도 좋지 않아도 그냥이라는 말을 자주 내뱉게 돼. 그냥이라는 말을 내뱉다 보면 왠지 기분이 좋아질 것 같아서.

그냥, 좋다.

콩깍지

당신의 서툰 다정함이 좋다.

머리를 빗어준다며 이렇게 저렇게 만져주다가
빗에 머리카락이 엉키는 것도
어딘가로 떠날 때면 내 짐까지 챙기느라
두 손 가득 가방을 들고 오지만
거의 다 사용하지 않는 서툰 당신이 좋다.

유독 사랑하는 사람 앞에서는
더 서툴러질 때가 있다.
그 모습이 오히려 당신을 더 좋아하게 만든다.

사람들은 흔히 이런 걸 콩깍지라고 부르지만
나는 당신이 내게 하는 모든 행동이 좋다.
나를 보고 웃는 것도 작은 것에도 감동하는 것도.
좋은 건 어쩔 수가 없다.
사랑해서 좋다.
그런 사람이 당신이라 좋다.

행성

때로는 그런 생각을 했어.
당신이라는 행성이 있었으면 좋겠다고.

그곳에 도착해서는
내가 타고 온 우주선이 망가져도 좋으니까
언어가 하나도 통하지 않아도 좋으니까

하루 종일 당신을 사랑할 구석을 찾아다니고
내가 몰랐던 모습들까지 사랑하고 싶어.

당신이라는 사람은
어떤 취향을 가지고 있고
어떤 음악을 자주 듣는지
어떤 음식을 좋아하고 어떤 말을 좋아하는지
당신의 모든 걸 기억하고 싶어.
모든 걸 챙겨주고 싶고 영원히 머물고 싶어.

좋아하는 걸 전부 해주지 못한다면
싫어하는 걸 하나도 하지 않을게.
장점도 예쁘고 사랑스럽지만 단점까지도 존중해.

그렇게 온 세상이 당신만 가득했으면 좋겠어.
바보 같이 너만 사랑하고 싶어.

무지개

누군가에게 꽃을 선물해본 적 있나요. 꽃을 선물하는 일은 과정까지 참 예쁜 것 같아요. 애초에 선물을 한다는 것 자체가 설렘 가득한 일이잖아요. 그 사람을 생각하면서 어떤 꽃이 어울릴지 고민하다가, 막상 꽃집에 도착하면 다른 꽃이 더 예뻐 보여서 다시 고민하게 되죠. 그러다 꽃 한 송이를 집으면 한 다발이 더 예쁜 것 같아 보여요. 그렇게 한 다발을 하기로 마음먹으면 또 포장지가 고민되고, 포장지를 고르면 또…

사랑한다는 말도 좋고 특별한 날이라서 주는 선물도 좋지만 때로는 아무렇지 않은 날에도 특별한 선물을 해주고 싶어요. 아무 기대도 하지 않던 날 특별한 선물을 받으면 그날 하루가 행복하게 채워지는 기분이 들잖아요. 그런 기분을 꽃과 함께 전해주고 싶었어요. 그러면 그 사람의 평범했던 하루도 조금은 더 화사해질 테니까요. 또 꽃집 앞을 지나다가 똑같은 꽃을 보게 된다면 나를 떠올릴 것 같기도 했고.

비슷한 무엇인가를 바라보았을 때 떠오르는 사람이 있다는 거 정말 예쁜 일인 것 같아요. 억지로 기억해내려고 하지 않아도 자연스럽게 떠오른다는 건 그 사람 마음속에 내가 분명하게 존재한다는 거니까. 불쑥 마음에 들어와서 한참을 머물고 평범한 언어조차 다정하게 느껴지는 게 참 좋아요. 사랑하니까 가능한 것들이잖아요. 평범한 삶에 달라진 건 내 사람이 하나 생긴 것뿐인데. 그게 삶을 설렘으로 흔들고 온 세상을 무지개 빛으로 만들어요.

특별하지 않은 날 특별한 선물을 할 수 있는 사람이 있다는 거, 그 사람의 생각으로 가득해서 보고 싶다는 말을 할 수 있다는 거, 꽃집 앞을 서성이게 되는 거. 모두 사랑하기에 가능한 것들이에요. 사랑은 특별하지 않은 두 사람이 만나 특별해지는 과정이니까요. 그래서 사람들은 이별이 두려워도 사랑을 하는 거겠죠. 사랑 앞에서는 모든 것들이 괜찮아지니까.

아마 저는, 사랑이 무엇이라고 생각하는지
누가 물어본다면 네 이름을 말할 것 같아요.

두려운 사람들

행복하게 살아가고 싶었던 사람이었다.

과거에 나는 모든 사람에게 좋은 사람이 되고 싶었다.

하지만 세상은 모든 사람에게

좋은 사람이 될 수 없었고,

사랑받을 수도 없었다.

그래서 적어도 나를 좋게 보지 못하는 사람들을 위해
가면을 쓰기 시작했다. 처음에는 힘든 것들이 많았다.
각진 말들을 들었을 때
모든 것들이 내 탓인 것이라며
자책하며 하루를 보낸 적도 있었고
힘든 하루를 끝내고 집으로 돌아와 가면을 벗고
어두운 방 안에서 소리 없이 우는 날도 있었다.
더 이상 말할 힘도 없는 그런 날에도 아무렇지 않게
웃으며 괜찮은 척을 하는 것도 쉽지 않았다.

시간이 지날수록 내면의 진실 된 마음을 보여줄
사람은 줄어들고 아무렇지 않은 척 살아가는
내 모습을 보여줘야 했다.
나도 이런 세상이 싫지만 살아가려면 어쩔 수 없이
가면을 써야 했다.
나만 힘든 것이 아니니까, 나만 이런 삶을 살아가는
것이 아니니까.

다른 사람들도 나도 겉으로는 괜찮은 척하지만
진실 된 마음은 누구보다 여린 사람들이 많을 것이다.
겉과 속이 다른 사람들 어쩌면 남들보다 쉽게 상처받고
혼자 남겨지는 것을 더 두려워하는 사람들이 아닐까
라는 생각을 한다.

각자의 방식

일을 하다가 알게 된 사람이 있었다. 나이는 나보다 두 살 디 많았고, 동네 형처럼 진근한 사람이었다. 고민을 나누는 사이가 된 것은 내가 글 쓰는 사람이라는 것을 알게 된 이후부터였다. 형은 자주 내게 고민을 털어놨다. 나도 누군가에게 위로를 주는 것을 좋아하는 사람이었기에 잘 맞는다고 생각했다. 그렇게 고민이 있을 때마다 우리는 만나서 대화를 나눴다. 형은 SNS를 통해서보다는 직접 얘기하는 걸 더 좋아하는 사람이었다. 만나서 얘기를 할 때는 술자리보다는 가까운 카페에 앉아서 얘기하고는 했는데, 그건 취중진담도 좋지만 카페에서 나는 은은한 커피 향기와 잔잔하게 흐르는 클래식 노래가 둘의 취향에 조금 더 잘 맞아서였다.

그날도 그랬다. 만나서 가볍게 인사를 나누고 형은 고민이 있다며 카페로 가자고 했다. 카페는 일하는 곳에서 5분 정도 아파트 골목을 지나면 차가 안 다니는 한적한 곳에 있었다. 사장님과 인사를 나누고 카페에 들어가니 어김없이 클래식 노래가 나오고 있었다. 자주 앉던 창가 자리 테이블에 앉아서 아이스 아메리카노 두 잔과 치즈케이크 한 조각을 시켰다. 시간이 지나 주문한 음료와 케이크가 나왔다. 형은 커피를 한 모금 마시고 말을 꺼냈다.

"별일은 아니고"

형은 고민이 있을 때 이 말을 항상 먼저 꺼냈었다.

나는 말없이 고개를 끄덕이는 역할이었다.

형의 고민을 정리하자면, 좋아하는 사람이 있었다고 했다. 그 사람이 일 문제와 인간관계 문제로 힘들어해서 형은 '시간이 지나면 다 괜찮아질 거니 괜찮다'라는 말을 했다고 한다. 그러자 상대방이 버럭 화를 냈다는 것 아닌가. 어떻게 그런 무책임한 말을 할 수 있냐며. 그렇게 며칠째 연락이 두절되는 중이라고 했다. 그 말을 듣고 상대방의 입장도 형의 입장도 이해가 됐다. 나는 형에게 서로 삶을 생각하는 태도가 다른 것뿐이라고 말했다. 지금 당장 괜찮아지지 않았지만 곧 괜찮아질 거라고 생각하는 사람이 있는 방면 현재의 상황이 좋지 않을 때는 아무것도 손에 잡히지 않는 사람도 있다고 했다.

내가 생각하는 삶에 대한 방식은 두 가지로 나눠진다. 현실적인 방식과 이상적인 방식. 각자 살아가는 삶의 방식이 있다. 서로의 삶을 이해할 줄 알고 존중할 줄 알아야 한다. 나와 살아가는 방식이 다르다고 해서 그 사람이 잘못된 건 아니니까. 그래서 누군가를 위로한다는 건 때로는 그 무엇보다도 어려운 일이 되는 것 같다. 형도 그런 게 아니었을까. 마음만은 누구보다도 먼저 그 사람을 위로해주고 싶었을 텐데.

잠시라도 좋으니까

바쁜 하루 속에서도 잠시라도 너의 목소리를 들으면
잠시라도 같은 공간에 같이 머무는 것 같아서 좋더라.
잠깐이라도 좋아. 전화하자.

사랑해

당신처럼 좋은 사람을 만나서 다행이야.

내가 말했던 사소한 것도 기억해 주고

나에게 선물하려는 예쁜 마음을 가졌고

나의 장점만 바라보는 것이 아니라

망가진 모습을 보고도 곁에 있어주려 하잖아.

우리 사이의 다른 부분 또한 충분히 이해하고

존중해 주잖아.

내가 마음에 들지 않는 내 모습조차도 좋아

하게 만들지.

내가 아프면 울면서 나보다 더 아파해주고

내가 웃으면 세상을 다 가진 듯 행복해하고

어떤 것들이든 같이 이뤄줘서 참 좋아.

그런 당신을 어떻게 사랑하지 않을 수 있겠어.

당신이 좋아한다면

나는 오랫동안 가만히 앉아 있는 것보다 이곳저곳
돌아다니는 것을 좋아해요.
유명한 음식점보다 나만 아는 단골 음식점을 좋아하고
시끄러운 카페보다는 테이블이 몇 없는
조용한 카페를 좋아해요.
산보다는 바다를 보며 멍하니 있는 것을 좋아하고
계획적으로 여행을 떠나는 것보다
무작정 떠나는 것을 좋아해요.
나는 분명 그런 사람이었는데
좋은 게 분명한 사람이었는데

당신에게는 자꾸 무엇이든 맞춰주고 싶어요.

당신이 유명한 음식점을 좋아해도 좋아요.

당신이 시끄러운 카페를 좋아하고

산을 좋아해도 좋아요.

내가 좋아하지 않는 것이라도 당신이 좋아한다면

같이 하고 싶어요.

내 삶에 당신보다 중요한 것은 없어요.

그럼에도 불구하고

사랑하는 사람이 옆에 있다면
마음껏, 실컷 사랑하기를

후회 없이 최선을 다해 사랑하고
아낌없이 표현하고 느꼈으면 좋겠습니다.

이별을 두려워하지 않았으면 좋겠습니다.
사소한 다툼에 이별을 고민하지 않았으면
어느 방식이든 대화로 잘 풀어나갔으면
오래도록 사랑이 유지되었으면 합니다.

몇 번의 계절이 찾아와도
어느 곳에 있어도 함께 어여쁜 미소를 지으며
별일 아닌 일들을 별일처럼 느끼며
사랑한다는 한마디에 세상을 다 가진 듯
행복하고
서로가 없으면 안 되는 사람처럼 애틋했으면
좋겠습니다.

사랑하는 사람이 옆에 있다면
마음껏, 실컷 사랑하기를
내가 원래 어떤 사람이었든
그럼에도 불구하고
사랑하길 바랍니다.

사랑할 수밖에 없는 사람

초판 1쇄 발행 • 2021년 6월 21일
2쇄 발행 • 2021년 12월 20일

지은이 • 강진석
책임편집 • 오휘명
마케팅 • 박근호 김은비
조판 • 유서희
디자인 • 유서희
펴낸이 • 박근호 오휘명
펴낸곳 • 도서출판 히읏
출판등록 • 2020년 4월 28일 제 2020-000109호
주소 • 03961 서울특별시 마포구 월드컵로 31길 29 2층
전자우편 • heeeutbooks@naver.com

ISBN • 979-11-970875-2-3